김진균의 33년 현장 교육 철학 I

김진균의
교육바라기

지은이: 김진균
발행인: 권선복
편집: (주)디포스트
책임편집: Cindy Hwang, 최혜민
디자인: (주)디포스트
사진: 이창익
삽화: 김다예
펴낸곳: 도서출판 행복에너지
출판등록: 제315-2011-000035호
주소: (157-010) 서울특별시 강서구 화곡로 232
전화: 010-3267-6277, 02-2698-0404
팩스: 0303-0799-1560
홈페이지: www.happybook.or.kr
이메일: ksbdata@daum.net

값: 20,000원
ISBN: 979-11-5602-966-3

CONTENTS

딸의 눈에 비친 아버지의 뒷모습

맺음말

김진균의 33년 현장 교육 철학!
**김진균의
교육바라기**

김진균의 33년 현장 교육 철학I

김진균의
교육바라기

김진균 지음

추천사 I

전)충청북도교육감 이 기 용

새생명이 움트는 희망의 계절입니다. 이 좋은 계절에 김 교장선생님의 교육철학과 교육애 물씬 풍기는 책 발간을 진심으로 축하드리며, 잔잔한 감동과 새 희망을 주신데 대해서도 깊이 감사드립니다.

진정한 스승에게는 옥좌에 있는 것과 먼지 가운데 있는 것이 다르지 않다고 하는 말이 있습니다.

세속적인 욕망과 바꿀 수 없는 참 울림의 메시지가 그 곳에 살아 있기 때문일 것입니다. 그 길에 비록 부귀와 권세는 있지 않아도 어린 생명이 씩씩하게 자람을 보는 즐거움, 개구쟁이가 자라서 사회와 국가의 동량이 되는 것을 보는 즐거움이 있기에 교육자의 길은 숭고하고 행복한 길이라 생각합니다.

김 교장 선생님은 이런 교육자의 길을 묵묵히 걸어오셨습니다. 따뜻한 선생님이셨고, 치밀하고 창의적인 장학행정가이셨으며, 선도적 학교경영자이셨습니다. 일함에 있어 주저함이 없으셨고, 뜨거운 열정과 헌신으로 스승의 길에 수범이 되어 주셨습니다. 특히 충북 체육발전에 지대한 공을 세우셨음은 물론, 실력 충북교육의 주역으로 각 분야에서 찬란한 금자탑을 쌓아주셨습니다. 생각해 보면 저에게는 더 없이 고마운 교육동지이셨습니다.

요즈음 한국교육에 대해서 위기라는 말들을 많이 합니다. 언제부터인가 교육현장이 이념으로 갈등하고 교육본질이 외면 받고 있는데 대해서 우려의 목소리가 커지고 있습니다. 교실은 붕괴되고, 교권은 추락하고, 학생의 인성도 학습권도 위태롭다 지적하는 이가 많습니다.

이러한 교육위기를 걱정하는 마음에서 김 교장 선생님이 교육 바로세우기의 뜻을 세우신 걸로 알고 있습니다. 탁월한 교육혜안으로, 따뜻한 가슴으로, 넘치는 열정으로, 대전환기에 있는 충북교육에 찬란한 등불이 되어 주시기를 기대합니다. 뜻하시는 그 길에 충북 교육을 사랑하는 모든 이들의 따뜻한 성원이 함께 해주시기를 기원합니다.

전)충청북도교육감

추천사 Ⅱ

충북대학교 법학전문대학원 교수 최 선 웅

김진균 교장선생님이 교육과 관련하여 평소 발표한 글을 모아 책으로 출판하심을 진심으로 축하합니다. 현장 교육전문가로서 활동하면서 전문성까지 겸비하고자 법무대학원에 진학하신 용기에도 교수로서 축하와 아울러 격려의 박수를 보냅니다.

백년지대계인 교육과 관련된 모두가 상생해야 할 교육생태계에서 "학생만 바라보는 보통교육의 희망"의 뜻을 펼친다고 하시니, 이제서야 제대로 된 교육정책을 바라던 충북지역 학생, 교사, 학부모 모두에게 좋은 소식이 아닐 수 없습니다.

충북의 학생, 교사, 학부모 모두 BTS처럼 세계인으로부터 사랑받는 존재가 되실 것을 확신합니다. 김진균 교장선생님의 여정에 무운장구를 기원합니다.

최 선 웅

전)충청북도약사회회장 현)충청북도체육회고문 김 용 명

김진균 교장은 오래 전부터 잘 알고 지내는 선후배 사이입니다.

이번에 명예퇴직을 하면서 33년 교직생활을 정리하며 자신의 교육철학이 담긴 책을 출판하게 되어 진심으로 축하의 말을 전합니다. 김교장은 스스로를 학생 바보라고 하는데, 지금까지 오랜 기간 동안 만나면서 딸바보, 학생 바보라는 말이 딱 들어맞는 사람입니다. 사실 저는 교육에 별 관심이 없었습니다. 하지만 김교장을 만나면서 생각이 바뀌게 되었습니다. 만나기만 하면 항상 학교얘기, 학생얘기만 합니다. 교육은 이래야 한다. 그런데 교육은 방향성을 상실한 채 잘못되고 있는데 사람들이 별 관심을 보이지 않는다고 걱정을 많이 하곤 했습니다.

김교장의 저서를 보면 김교장이 늘 하던 이야기를 글로 적어놓았다는 생각을 하게 됩니다. 사실 김교장의 책을 다 읽어보지는 않았습니다. 하지만 저는 김교장의 책 내용을 짐작할 수 있습니다. 항상 만나면 하던 이야기이기 때문입니다. 그런 면에서 김교장은 진정한 교육자입니다. 겉모습은 남자다운 조금은 거친 모습(?)이지만 교육 문제에서 만큼은 누구보다 섬세한 참교사입니다. 교육에 별 관심이 없던 저를 바꿔놓은 것을 보면 긴말이 필요 없는 사람이라는 것을 알 수 있을 것입니다. 서론이 길었습니다. 다시 한번 김교장의 명예퇴직과 이에 따른 책의 출판을 축하합니다. 부디 제2의 인생도 지금까지처럼 멋지고 교육자다운 삶을 살아가길 응원하고 또 응원합니다.

추천사 Ⅳ

전)청주공업고등학교 동문회장, 현)청주시향교전교 홍 성 모

김교장은 청주공고 30회 졸업생입니다.

30회 동기 회장으로서 동문 발전을 위해서 기여한 바가 매우 큽니다,

총 동문 회장으로서 청주공고의 발전을 위해 노력한 점에 대해 먼저 감사하다는 말을 전하고 싶습니다.

특히, 이번에 33년의 교직 생활을 마무리하고 명예퇴직과 함께 책을 출판하게 된 것에 대해 심심한 축하의 말을 전합니다. 옆에서 바라 본 김교장은 매사에 열정이 넘치는 사람입니다.

어떤 일을 하게 되면 많은 사람들의 협조를 이끌어 내는 리더쉽도 있고, 일을 추진하는데 있어서도 강한 추진력을 보여 줍니다.

한마디로 리더로서 훌륭한 자질을 갖춘 사람입니다. 예전에도 뚜렷한 교육관을 지닌 사람이라는 것을 알고 있었지만, 이번에 출간하는 책을 읽어보니 교육은 학생만 바라봐야 한다는 교육에 대한 김교장의 확실한 교육 철학을 엿볼 수 있었습니다. 책의 내용 중 엄부자모(嚴父慈母) 자부자모(慈父慈母)라는 글을 보면서 엄부자모는 전통 가정에서 아버지가 엄한 역할을 담당함으로써 가정의 질서를 새우고 규칙을 가르치는 역할을 담당한다는 의미인데, 이러한 아버지의 역할을 프로이트의 외디푸스 컴플렉스와 비교를 통해 설명하여 동서양을 막론하고 가정에서 아버지의 역할의 중요성을 언급하였습니다. 요즈음은 가정에서 아버지의 역할이 점점 사라지고 있습니다. 이러한 시점에서 아버지의 역할을 강조한 것은

시의 적절하다고 생각합니다. 가정윤리는 사회윤리와 유기적 관계에 있습니다. 김교장의 아버지의 역할에 대한 이야기는 가정윤리의 확립을 통해 사회윤리의 문제를 해결해 보려는 시도라는 점에서 매우 의미 있는 일이라고 생각합니다. 아무튼 김교장의 명예 퇴직과 자신의 교육 철학을 담아 책을 출판하게 된 것을 청주중, 청주공고 선배로서 축하하고, 김교장의 앞날을 항상 응원합니다.

홍성모

추천사 V

㈜클레버대표, 봉명중학교 운영위원장 정 종 홍

교육은 참 어려운 것 같습니다. 중학교 3학년 아이를 둔 부모로서 교육이 참 어려운 일이구나 하는 생각을 참 많이 하게 됩니다. 요즈음은 가정에 자녀가 한 명 아니면 두 명 정도가 대분입니다. 많은 부모가 한 두 명의 자녀를 교육하는데도 많은 고민을 해야 하고 아이들과 서로 의견이 달라 갈등을 하고 있으며, 아이들을 어찌 할 수 없어 쩔쩔 매기도 합니다. 그만큼 요즘 아이들은 우리 기성세대와 생각도 다르고 요구도 많습니다. 그런데 학교에는 그런 아이들이 한 반에 30명 정도입니다.

담임 선생님은 이런 30명의 학생을 캐어 해야 합니다. 한 두 명도 어려운데 얼마나 힘들까하는 생각을 하지 않을 수가 없습니다. 정말 선생님들을 보면 존경스럽다는 생각을 하게 됩니다. 그런데 학교 현장을 보면 이런 생각을 하고 선생님들을 신뢰를 갖고 적극 지원하는 학부모도 있지만 그렇지 않은 분들도 있는 것 같습니다. 학교 운영위원장으로 가끔 회의에 참석을 하면 이러한 다양한 상황을 고스란히 피부로 느낍니다.

김진균 교장선생님을 만난 것은 운영위원장과 교장선생님으로 만나게 되었고, 1년 정도 밖에 되지 않았습니다.

교장선생님을 처음 뵈었을 때는 교장선생님에 대해 사실 선입견이 있었습니다. 다른 분들과 별반 다르지 않겠지 하는 생각에 사무적인 입장에서 교장선생님을 대했습니다. 그런데 교장선생님은 생각이 달랐습니다. 운영위원회를 하면 모든 것을 학생의 입장에서 생각하고 문제의 해결을 이야기 할 때도 "학생의 성장만 생각하면 우리가 합의점을 찾을 수 있지 않겠느냐." 라고 말씀을 하셨습니다.

이런 분이 명퇴를 신청하셨단 말을 들었을 때는 교육적 손실이라는 생각과 좀 서운한 생각도 없지는 않았습니다. 그런데 우리 교육을 위해 더 큰 일을 하기 위해 명퇴를 신청했다는 이야기를 듣고 잘된 일이라 생각을 하였습니다. 축하드립니다. 또 책을 출판하시게 된 것도 축하드립니다. 부디 꿈꾸시는 일인 학생을 위해 더 많은 일을 해주시길 당부드립니다.

정종흥

추천사 VI

(주)아이엔에스 대표 차 태 환

기업경영에서 ESG 경영이 화두입니다.

교육에서도 ESG 경영을 도입해보는 것이 의미 있을 것으로 생각됩니다. ESG 경영이란, 기업이 환경보호에 앞장서고, 사회적 약자에 대한 지원 및 사회 공헌을 활발히 하며, 법과 윤리를 철저히 준수하는 윤리 경영을 의미합니다.

사실 기업의 목적은 이윤추구입니다.

그러나 기업이 이윤추구만 하다보면 환경은 파괴되고 사회적 약자는 벼랑으로 내몰리며, 수단 방법을 가리지 않고 이윤추구를 함으로써 사회는 부패하게 됩니다.

이러한 문제의식 하에 ESG 경영의 중요성이 부각되고 있는 것입니다.

김교장은 책에서 미래 세대가 깨끗한 환경에서 살아갈 수 있도록 현재 우리가 환경 문제를 책임지고 해결해 나가야 하며, 지속가능한 발전을 위해 환경교육은 우리가 소홀히 할 수 없는 핵심 교육이라며 미래 환경교육을 강조하였습니다.

또 교육정의를 통해 교육이 모든 사람에게 공정한 기회를 부여해 줄 수 있을 뿐만 아니라 인사의 공정성을 통해서 모든 교직원들이 자신의 역량을 마음껏 발휘할 수 있어야 함을 역설하였으며, 교육복지를 통해 한명의 학생도 교육으로부터 소외되지 않도록 해야 한다는 주장도 하였습니다.

이러한 면에서 김교장의 교육 경영 철학은 기업의 ESG 경영을 함축하고 있다고 할 수 있습니다.

교육의 발전이 곧 사회의 발전입니다.

미래교육에서 교육의 ESG경영이 필요한 때입니다.

차 태 완

교직 33년 책을 펴내며......

1989년 9월 진천백곡중학교 교사로 부임을 한 이후 33여 년간 교육현장에서 학생과 학부모, 교사와 함께 울고 웃었습니다. 학교현장에서 문제가 발생하면 학생, 학부모, 동료교사의 의견을 경청하며 함께 고민하며 해결해 냈지요. 교사시절 방황하던 제자의 마음을 다독여 올바른 사회인으로 성장하는 모습을 지켜보았고, 그 제자가 성장하여, 결혼을 하게 되었을 때, 주례를 보던 그 느낌은 뭐라 표현 할 수 없을 정도의 뿌듯함은 물론, 교사의 길을 잘 선택했다며, 자화자찬을 하기도 했습니다.

장학사 시절에는 "학생들의 건강한 신체와 건전한 정신이야말로 우리나라의 미래를 이끌어갈 민주시민으로 성장하는 원동력이다." 라는 신념으로 일반학생들의 학교 간 클럽대회를 활성화 하였습니다. 특히 전국에서 처음으로 여학생들의 학교 간 피구대회, 줄넘기대회를 개최하여 참가학생들이 애교심뿐만 아니라 스포츠맨십을 함양하는 등 상대를 존중하며 배려하는 문화를 조성하기 위해 노력하였습니다.

청주중학교를 졸업하는 저는, 2018년도 9월부터 2년 6개월간 모교에서 교장으로 근무를 하는 영광을 누렸습니다. 청주중학교는 3년 뒤 개교 100주년을 맞이하게 되는 역사와 전통을 자랑하는

▲셀트리온 서정진회장
청주중 명예졸업장 수여식

명문 중학교입니다. 모교에 근무하면서 저는 탁월성 교육을 강조하였습니다. 학생들에게 꿈을 주고자 다양한 교육환경 조성과 교육활동을 하였고, 특히 세계적인 기업가 셀트리온 회장님을 초청하여 '청주중학교 명예졸업장 수여' 와 '재학생들에게 꿈을 키워주는 특강' 을 개최해 우리 학생들도 글로벌 인재로 성장할 수 있는 꿈과 비전을 가질 수 있도록 하였습니다.

전국시도교총회장단협의회 회장을 역임하면서는 교권 침해와 학습권 침해 사례를 많이 목격하게 되었고, 교권이 회복되지 않는다면 학습권 보장도 어렵다는 판단 하에 교권3법인 교원 지위법, 아동 복지법, 학교폭력 예방법을 개정하기 위하여 많은 노력을 하였고, 결국 교권3법의 국회 통과라는 성과를 이루어 냈습니다.

또한, 충청북도교원단체총연합회 회장을 역임하면서 교육청과의 교섭을 통해 교사의 권익과 교육환경 개선, 학생들의 학습권 보장을 위해 노력하였을 뿐만 아니라 학교전담 변호사 제도를 도입하여 교사, 학부모, 학생들이 법률 자문이 필요한 경우 적극적으로 다가가 어려움을 덜어드렸습니다. 그리고 필요한 제도가 있다면 신설할 수 있도록 하였고, 재정의 적정 배분을 통해 불필요한 곳에 사용되는 재원은 축소하고 교육가족의 권리 보호나 어려움을 해소하는 등 꼭 필요한 곳에 재정이 쓰여 질 수 있도록 재정의 합목적석 사용을 위해 노력하였습니다. 아울러 교직원들의 건강과 친목 도모를 위해 교총회장배 테니스, 탁구, 배구, 배드민턴, 골프 대회를 개최하는 등 교사들의 권익보호와 복지증진을 위해 적극 노력하였고, 특히 교사와 학생이 한 팀으로 출전하는 사제동행 배드민턴 대회를 개최하였는데, 학생과 교사가 한 팀이 되어 경기를 하는 과정에서 학생과 교사간의 신뢰회복 및 관계 회복이 얼마나 중요한지를 알게 되었습니다. 세상은 상대를 존중하고 배려하였을 때 자신 또한 존중받는다는 것을 학생들에게 늘 강조하였던 같습니다.

이제 33여년의 교직생활을 마무리 하려합니다. 지나온 교직생활이 주마등처럼 스쳐 지나갑니다. 아쉬운 점도 있었지만 최선을 다해 살아왔다고 생각합니다. 어느 한 순간도 학생과 함께하지 않은 적이 없었습니다. 교육적 이상도 있었지만 그 꿈을 펼치기엔 현실이라는 한계도 있었습니다. 끝은 새로운 시작이기도 하지요. 지금까지 교직 생활을 통해 현장에서 느낀 불합리한 것들, 참된 교육과 거리가 멀었던 것들을 더 큰 꿈을 통해, 새로운 시작을 통해 바로잡아 참된 교육을 실현해 보고자 합니다. 어디에 있든, 무엇을 하든 저에게 교육은 제 삶의 전부였고 앞으로도 그러할 것입니다. 유·초·중등교육은 마음이고 정성입니다. 진실한 마음으로 아이들에게 다가가고 정성으로 가르치면 아이들은 바르게 자랍니다. 이것이 제가 교직생활에서 얻은 교훈입니다. 교육은 화려하게 치장하려 해서도 안 되고, 큰 성과를 내려 해서도 안 됩니다. 소박한 교육이 최선이고 참된 교육의 길입니다.

어머니의 마음은 치장하지 않고 성과를 내려하지 않습니다. 아버지의 마음은 아이의 존재만으로도 행복합니다. 교육은 어머니의 마음과 아버지의 마음만 있으면 됩니다. 이것이 저의 교육적 이상입니다. 저의 꿈과 함께 하지 않으시겠습니까? 같이 꿈을 꾸면 세상은 바뀔 것입니다. 저의 교직생활 33년은 이제 마무리 짓지만, 저의 새로운 꿈은 지금부터 다시 시작이라고 생각합니다. 33년의 교직생활을 통해 현장에서 익힌 많은

노하우들을 이 책에 담았습니다. 꿈이 담겨있고, 비전이 담겨있고, 미래
가 담겨있습니다.

저는 이 책을 통해, 저의 새로운 꿈을 노래하는 것이 아닙니다.
우리가 함께 꿈꾸는 학교, 교실......
교육의 새로운 꿈을 노래하고자 합니다.

저자 김진균

Part 1
교사는 나의 천직.

김진규의 33년 뼝짱 교육 철학!

김진규의
교육바라기

교육 발전을 위해 노력하는 이유

내가 교육 발전을 위해 노력하고 있는 이유는 유명한 교육 사상가나 정치가로부터 영향을 받아서가 아니다. 그것은 그 누구도 아닌 학생들 때문이다. 좀 더 구체적으로 말하면 제자들 때문이라고 할 수 있을 것 같다. 교육 현장에서 학생들을 가르치고 그들과 함께하면서 아이들이 조금씩 변해가고 훌륭한 인재로 성장해 가는 모습을 보면서 교육의 중요성을 깨닫게 되었고, 교육자로서의 소명 의식을 가지게 되었다.

그리고 어떻게 하면 교육 발전을 위해 더 많은 일을 할 수 있을까를 생각하다 보니 교육 전문직을 거쳐 지금은 관리직인 교장이라는 업무를 수행하고 있다. 교육을 백년지대계라고 하는데 교육의 길은 어렵고 힘든 일이기도 하지만 보람 있는 일이기도 하다. 교육은 개인의 성장을 위한 일이기도 하지만 대한민국의 미래를 위한 일이기도 하기에 한치의 소홀함도 있어서는 안 되는 일이다. 교육자는 그만큼 책임감도 크다고 생각한다. 평생을 교육자로 살아오면서 교육 발전을 위한 일이면 뭐든 해보려했다. 이러한 저의 생각은 과거에도 그랬듯이 미래에도 그러할 것이다. 충북교육의 발전을 넘어 우리나라 교육의 발전을 위한 일이 있다면 나는 그것이 무엇이든 마다하지 않을 것이다.

새 학기의 시작 3월

3월, 학생들은 새로운 학기의 시작으로 설레임과 약간의 긴장 속에서 학교생활을 하게 된다. 올해도 작년과 마찬가지로 코로나19로 입학식도 하기 어려운 상황이다. 또다시 학생들은 격주 등교로 일주일은 온라인 수업을, 다른 일주일은 등교 수업을 받게 된다. 학부모들은 등교를 하지 않는 일주일에는 자녀들에 대한 보육과 학습 격차에 대한 걱정으로 또 한숨을 지을 수밖에 없는 상황이다. 물론 이런 상황이 어쩔 수 없는 상황이긴 하지만 교육자의 한 사람으로서 학부모님들의 한숨을 덜어드리지 못하는 점 죄스러움과 미안함이 크다.

우리는 한숨만 짓고 있을 수만은 없다. 어떻게든 학생들의 돌봄 문제와 학습격차로 인한 피해를 최소화하려는 노력을 하지 않으면 안 된다. 지금까지 우리는 학교 현장에서 자기주도적 학습을 많이 강조해왔다. 사실 학생들이 자기주도적 학습을 잘 수행만 한다면 격주 등교로 인한 학습격차는 어느 정도 줄일 수 있다. 하지만 현실적으로 보면 학교 현장에서는 지속적으로 자기주도적 학습을 강조했지만 아이들의 자기주도적 학습 능력은 그리 높은 것 같지는 않다. 오히려 학생들은 점점 더 수동적으로 변해가는 것 아닌가 하는 생각이 든다.

여하튼 새 학기의 시작이다. 학생, 학부모, 교사는 각자의 입장에서 직면한 어려움을 극복하기 위해 노력해야 한다. 그리고 우리 모두 힘을 합쳐 노력한다면 코로나19가 주는 어려움이 매우 힘들고 지치기도 하지만 극복하지 못할 것도 없을 것이다.

학생들은 새 친구들과 좋은 만남을 가지려고 노력해야 한다.

학교생활에서 좋은 친구를 만나는 것은 아주 중요하다. 친구 따라 강남 간다는 말도 있지 않은가. 요즈음 학생들을 보면 여학생든 남학생이든 친구에 대한 의존도가 매우 높다. 과거에는 부모나 교사가 학생들의 모델 역할을 하였다면 지금은 연예인이나 친구가 모델이 되고 있다. 그만큼 좋은 친구를 만나는 것이 중요하다. 어떻게 하면 좋은 친구를 만날 수 있을까? 먼저 친구들에 대한 호기심을 가질 필요가 있다.

호기심을 갖고 친구들 만나보라. 그러면 친구에 대해 많은 것을 알게 될 것이다. 그리고 좋은 친구가 다가와 주길 기대하지 말고 내가 좋은 친구가 되려고 노력하면 어느새 좋은 친구가 여러분들 옆에 서 있게 될 것이다. 또 새 학기인 만큼 학생들은 공부에 대한 고민도 많을 것으로 보인다.

몇 가지 조언을 해 주면 먼저 나만의 노트를 만드는 것이다. 대체로 공부를 잘하는 학생들을 보면 자신만의 노트를 가지고 있다. 잘 정리되어 있는 참고서가 지천에 깔려있는데 노트가 뭐가 필요할까 생각하지만 그렇지 않다. 교과서와 참고서, 여기에 선생님의 수업을 참고하여 자신만의 노트를 작성한다면 교과 내용을 충분히 소화할 수 있게 된다. 그리고 질문을 하라고 권하고 싶다. 질문을 두려워 해서는 안 된다. 질문은 모르는 것을 단순히 묻는 과정이 아니다. 질문을 하기 위해선 많은 것을 생각해야 하고 내가 질문한 것은 기억에 오래 남는다. 질문이야 말로 좋은 공부 방법 중 하나이다. 여기에 하나 더 첨부하면 공부를 하면서 시험문제를 만들어 보길 추천한다. 시험문제를 자신이 직접 만들어 보면 중요도가 보인다. 그러면 무엇을 집중적으로 공부해야 하는지를 알게 되어 학습 효과를 높일 수 있다.

학부모는 자녀를 믿어주어야 한다. 대부분의 학부모는 자녀를 위한 조언을 한다고 생각하지만 학생들 입장에선 간섭일 뿐이고 잔소리일 뿐이다. 그러니 일단 뒤로 한발 물러나 멈추고 자녀를 바라보았으면 한다. 그런 다음 믿어주고, 칭찬을 자주 해 줄 필요가 있다. 비난은 행위를 억제하고 칭찬은 행위를 촉진하는 역할을 한다. 어떤 행위를 하기를 원한다면 비난보다는 칭찬을 해야 한다. 쉽지 않은 일이긴 하지만 자녀가 잘하고 있는 것이 무엇인지 찾아보면 칭찬할 만한 것이 분명히 있을 것이다.

교사는 새 학기의 시작과 함께 방역과 학생지도, 수업 등 과중한 업무가 기다리고 있다. 분명 어려움이 많을 것이다. 그러나 이 또한 지나갈 것이기 때문에 조금만 참고 노력한다면 보람도 있을 것이다. 우리에게는 미래를 책임질 학생들이 있고, 교사의 보람은 결국 학생들로부터 찾아야 한다면 학생들만 바라보고 한걸음 한걸음 나아가길 부탁드리고 싶다.

▲청주중학교에서 하루의 시작을 여는 등굣길 허그데이

항상 긴장했던 3월.. [*]
학생일 때나 교사가 되었을 때나 긴장이 되는 건 변함이 없다.
창문 틈 사이로 보이는 새 얼굴들과 교과서들이 설레게 한다.

4차 산업혁명과 미래교육

나는 미래의 인재가 지녀야 할 역량을 창의성, 자기 주도성, 따뜻한 품성, 탁월성 등이라고 생각한다.

4차 산업혁명과 함께 학생들의 역량에도 많은 변화가 요구되고 있다.

과거의 패러다임으로만 생각하고 살아가기엔 사회가 너무 급격한 변화를 겪고 있다. 지구 온난화 등 급격한 기후변화를 겪고 있을 뿐만 아니라 우리 사회는 이미 초 저출산, 초 고령사회 사회에 접어들었고 인구 절벽을 경험하고 있다. 따라서 미래의 인재는 정해진 틀 속에서 생각하는 모던한 사고에서 벗어나 포스트 모던적 사고를 할 수 있어야 한다.

이러한 점에서 미래의 학교교육은 창의성을 길러줄 수 있는 교육을 해야 하고 이와 함께 인공지능 전문가를 길러내기 위한 AI교육, 온실가스를 줄이기 위한 탄소 중립에너지 개발 등과 같은 환경교육 그리고 결혼, 출산 및 가족생활에 대한 합리적인 가치관 형성을 위한 인구교육 등을 병행해야 할 필요가 있다.

또 미래 사회는 남이 간 길을 따라가서는 성공할 수 없는 사회다.

따라서 미래 사회에서 살아남기 위해선 스스로 새로운 길을 개척할 수 있는 역량이 필요하다. 바로 자기 주도성이다. 온고지신, 법고창신이라는 말이 있다. 자기 주도성은 과거를 부정하고 미래만 생각할 때 길러질 수 있는 것이 아니다. 과거를 바탕으로 새로움을 추구할 때 자기 주도적 역량이 길러질 수 있다. 따라서 미래의 교육은 과거로부터 지혜를 배워 미래로 나아갈 수 있는 인재 육성에 힘써야 할 것이다.

지금 학교 현장에서 가장 고민이 되는 것이 학교폭력이다. 과거에도 그랬고 현재도 마찬가지이고 미래도 그럴 것이지만 학교폭력은 학교 현장에서 해결하기 어려운 가장 어려운 과제 중 하나이다. 그런데 지금의 교육 현실을 보면 예방보다는 해결에 더 치중하는 게 아닌가 하는 생각을 지울 수 없다. 나는 미래의 교육은 따뜻한 품성을 지닌 인격교육을 통해 학교폭력의 예방을 위해 힘써야 한다고 생각한다. 학생들이 따뜻한 인격을 지닌 사람이 될 때 자신보다는 다른 사람을 바라볼 수 있게 된다.

다른 사람의 아픔에 공감할 수 없다면 이는 로봇과 다를 게 없다. 미래사회는 AI가 지배하고 로봇이 지배하는 사회가 된다고 한다. 이런 사회일수록 따뜻한 품성을 지닌 사람이 경쟁력 있는 사람이 된다. 그런 면에서 인격교육이야 말로 미래를 위한 교육이 될 것이다.

마지막으로 나는 미래의 교육은 세계로 나아갈 수 있는 탁월한 실력을 갖춘 인재를 육성하는 것이라 생각한다. 아직 우리나라에서는 학문적인 면에서 노벨상을 수상한 사람이 없다. 탁월성 교육을 통해 충북의 인재가 세계에서도 인정받을 수 있도록 해야 한다고 본다. 세계화 시대이다. 실력만 있다면 BTS처럼 세계에서 인정받지 못할 이유가 없다. 자신의 분야에서 탁월한 실력을 갖춘 인재를 양성한다면 우리도 노벨상을 수상하지 못할 이유가 없다. 멀리 보고 높이 보는 교육을 해야 하는 것이다. 눈앞에 있는 것만 보면 방향을 잃고 갈팡질팡만 하게 된다. 나는 미래의 교육은 멀리 보는 교육, 높이 보는 교육을 지향해야 한다고 생각한다. 한마디로 내가 생각하는 미래의 교육은 따뜻한 품성과 함께 멀리, 높이 보는 교육의 실현이다.

방학과 자기주도적 학습

새해가 밝았다.

누구나 새해가 되면 희망을 품고 각오를 다짐하기도 한다. 나도 희망을 품어본다. 아니 간절한 소망을 가져본다. 우리 교육 가족 모두가 작년 한 해 코로나19로 한번도 겪어보지 못한 고통 속에서 1년을 보냈다. 새해에는 코로나가 물러가고 모두가 소망하는 모든 일 다 이루시길 간절히 소망해 본다. 학생, 학부모, 교사가 마음껏 교육활동을 할 수 있는 날이 하루빨리 오기를 두 손 모아 기원해 본다. 하지만 요즈음 코로나 상황을 보면 심상치 않은 것이 현실이다. 하루 확진자가 천명을 오르락 내리락 하고 있다. 정부에서는 사회적 거리두기 2.5단계를 계속 유지하고 있다. 지성(至誠)이면 감천(感天)이라 하지 않았는가. 우리 모두가 간절한 마음을 모아 함께 노력한다면 분명 지금의 이 어려움을 극복할 수 있을 것이라 믿어 의심치 않는다.

이제 학생들은 방학을 맞아 가정에서 자기주도적 학습을 해야 시기이다. 학생들은 학교를 떠나 가정에서 스스로 공부 계획을 세우고 실천을 해야 한다. 그런데 조금은 우려되는 부분도 없지는 않다. 요즈음 우리 학생들을 보면 자기주도적 학습을 하기보단 너무 사교육에 의존하는 경향이 있는 것 같아 염려가 된다. 사교육에 의존할 부분도 분명 없는 것은 아니다. 문제는 너무 지나치게 의존하고 있다는 점이다. 자기주도적 학습에 있어 가장 중요한 것은 성취감이다. 그런데 다른 사람이 학습계획을 세워주고 공부를 부모나 학원에서 도와주게 되면 설령 목표를 달성했다고 하더라도 그 행위는 성취감과 자존감에 아무런 영향을 주지 못한다.

자기주도적 학습이 제대로 이루어지려면 스스로 학습 목표를 세우고 달성하는 일련의 과정을 거치지 않으면 안 된다. 이러한 일련의 과정을 거치게 될 때 성취감과 자존감이 생기는 것이다. 작심삼일(作心三日)이라는 말이 있다. 자녀가 학습계획을 세우고 며칠 안가 세운 계획대로 실천하지 않는다고 책망하는 부모가 있다면 이는 바람직하지 않다. 어른들도 새해가 되면 계획을 세우고 다짐도 해보지만 작심삼일 하지 않는가. 그러니 작심삼일 하는 것은 누구나 할 수 있는 일이지 자신들의 자녀만 그런 것은 아니다. 자녀가 작심삼일 한다고 그들을 책망하거나 실망하는 모습을 보여준다면 그들은 더 이상 도전하려는 마음을 먹지 않게 될 것이다. 특히 자신들의 자녀가 작심삼일을 자주 하는 학생이라면 더욱 그러하다.

뇌과학적 관점에서 보면 도파민이라는 신경전달 물질이 있는데 이 물질은 성취감을 느끼면 나오는 것으로 학습 동기에 영향을 줄 수 있다고 한다. 그런데 도파민은 지속성이 오래가지 않기 때문에 자녀들이 작심삼일 하는 것은 어쩌면 당연한 일이라고 할 수 있다. 그렇다면 자녀들이 작심삼일 하지 않고 지속적으로 공부를 할 수 있도록 해주기 위해선 어떻게 해야 할까? 그것은 자주 성취감을 느낄 수 있도록 해 주는 것이다.

그러기 위해선 학습목표 설정이 매우 중요한데, 오랜 기간의 노력을 요하는 너무 어려운 목표는 성취감을 느끼기가 쉽지 않기 때문에 바람직하지 않을 수 있다. 중요한 것은 스스로 학습목표를 설정하되 어느 정도의 노력으로 달성할 수 있는 목표를 설정하는 것이다. 그래야만 성취감을 느낄 수 있고 도파민이 학습 동기에 영향을 주어 자기주도적 학습을 지속할 수 있게 된다.

방학은 자기주도적 학습을 경험할 수 있는 아주 좋은 기회이다. 특히 겨울 방학은 새 학년을 준비하는 아주 중요한 시기이다. 그런 만큼 겨울 방학을 어떻게 보내느냐가 매우 중요하다. 새해를 맞아 방학기간 동안 자녀가 자기주도적 학습 능력을 기를 수 있도록 가정에서 도와주어야만 한다. 부모는 환경을 만들어 주고 자녀가 스스로 세운 학습 목표를 달성했을 때 칭찬을 통해 보상을 해주면 도움이 될 것으로 보인다. 새해를 맞아 나도 삶의 목표를 세우고 무소의 뿔처럼 한 걸음 한 걸음 앞으로 나아갈 것을 다짐한다. 여러분들도 세운 목표를 작심삼일 하지 않고 모두 달성하길 그리고 모두의 가정에 행복이 가득하길 빌어본다.

현재의 교육현안

현재 최대의 교육 현안은 학교 급별로 생각해 볼 수 있을 것이다.

먼저 초등학교의 경우는 돌봄교실 문제가 가장 어려운 문제로 부각되고 있다. 2006년부터 시작된 초등돌봄교실은 돌봄 전담사 확보 문제, 보건복지부에서 운영하고 있는 지역아동센터와의 업무 중복문제, 돌봄 전담사 관리 문제, 교사와의 업무 협조 문제 등 다양한 문제가 노출되고 있으나 그 해결책을 찾기가 쉽지 않다.

특히 초등돌봄교실은 예산 확보 문제를 비롯해 다양한 이해관계가 복잡하게 얽혀있어 이를 해결하기 위해선 이해 당사자들이 머리를 맞대고 서로 조금씩 양보한다는 마음으로, 어떻게 하는 것이 아이들은 위한 것인지를 생각하면서 협의를 통해 해결하지 않으면 갈등이 지속될 수 밖에 없는 문제라는 점이다.

중학교는 자유 학년제 문제라고 할 수 있다. 2018년부터 자유 학기제를 자유 학년제로 그 기간을 확대 운영하고 있다. 중학교 1학년 학생을 대상으로 중간, 기말고사를 보지 않고 토론·실습 위주의 참여형 수업과 직장 체험을 통한 진로 탐색의 교육을 받도록 하겠다는 취지로 시작했지만 많은 부작용이 드러나고 있다. 중간 기말고사를 보지 않아 학생들이 공부에 대한 관심이 줄어들어 학력은 점점 저하되고 있고, 또 토론과 실습 중심의 학생 참여형 수업이라고는 하지만 실질적으로 중학교 1학년 학생들을 대상으로 토론과 실습 위주의 수업을 1년간 진행한다는 것도 현실적으로는 많은 어려움이 동반되고 있다. 뿐만 아니라 직장 체험을 통한 진로 탐색 교육도 형식적으로 이루어지는 경우가 많이 있다. 직장 체험을 한다고는 하지만 견학 형태로 이루어지는 것이 대부분이고, 이러한 직장 체험 교육이 진로 탐색 교육으로 의미가 있는지에 대한 것도 재검토가 필요하다고 생각한다.

고등학교는 2025년부터 전면 시행한다는 고교 학점제 문제이다. 현재는 그 과도기로 선택중심 교육과정을 운영하고 있는데 현재도 많은 문제가 나타나고 있다. 이런 문제는 학점제가 시행되면 더 커질 것이고, 더 많은 문제가 나타날 것이라는 점이다. 학점제는 교사들 대부분이 반대하고 있고, 고등학교라는 체제에는 맞지 않는 제도로 대폭적인 수정 보완이 이루어지지 않으면 그 시행이 어려울 것으로 보인다.

이처럼 학교 급별로 처리하고 해결해야 할 교육 현안이 많이 있다. 그리고 이러한 문제를 해결하기 위해선 교사, 학부모, 학생들의 요구가 충분히 반영된 해결 방안을 찾아야 할 것이다.

모든 지식의 근원은 책에서 나온다고 생각한다.
그리고 그것을 어떻게 내가 뿌리를 내리는가도 중요하겠지.

가르침과 배움

나는 30여년 동안 교사로서 살아왔다. 이제 교사로서의 삶도 얼마 남지 않은 상황에서 새삼 교사가 무엇인가 하는 의문과 함께 많은 생각을 하게 된다. 이런 생각을 하게 된 것은 평생 교사로 살아오면서 제대로 살아왔는지에 대한 반성이 담겨있다.

사실 교사는 특정 직업인을 일컫는 말로서 교육을 업으로 삼고 있는자를 말한다.

▲봉명중에서의 교실 수업

이는 직업인으로서의 교사를 말하는 것인데, 내가 교사로서의 삶을 제대로 살아왔는지를 반성하는 차원에서 교사가 무엇인가라는 의문을 가지게 된 것은 교사로서의 역할 즉, 가르침을 제대로 수행했는지에 대한 고민인 것이다. 한자로 교사의 의미를 보면 교(敎)는 배운다는 의미의 효(爻)와 아들 자(子) 그리고 회초리를 친다는 의미인 복(攵)으로 이루어져 있다. 즉 아이가 공부하도록 회초리를 들어 가르친다는 의미로 해석할 수 있다. 사(師)는 스승이라는 의미인데 언덕의 의미인 부(阜)와 빙 두른다는 (잡)帀의 합성어로 가르침을 얻기 위해 스승의 주변을 제자들이 빙 둘러 앉아있는 모습을 그려볼 수 있다. 이를 종합해보면 교사는 자신을 중심으로 언덕에 둘러앉아 있는 아이들에게 강화 수단(회초리)을 가지고 공부를 가르치고 있는 사람인 것이다. 이런 모습을 지금의 학교와 비교해 보면 학교의 본 모습이 어떠해야 하는지를 생각해 볼 수 있다. 지금의 학교에서 교사는 학생과 서로 마주보고 수업을 진행하고 있고 수업을 통제할 강화 수단을 갖고 있다고 보기도 어렵다.

강의식 수업이든 배움 중심 수업이든 가르침이 제대로 이루어지려면 먼저 하드웨어적인 면에서 교실 환경이 학생들이 교사를 중심으로 둘러앉아 있을 수 있도록 바꿔야 한다. 그리고 교사는 수업을 장악할 확실한 강화 수단을 지니고 있어야 한다.

수업을 장악한다고 하면 어떤 이는 구시대적 발상이라고 할지 모른다. 그러나 가르침이 제대로 이루어지려면 교사의 수업 장악은 필수적이다. 과거에는 교사가 권위주의적으로 아이들을 통제하면서 수업을 진행하고 아이들은 맹목적으로 이러한 통제에 순응하였다. 물론 이런 방식의 수업은 문제가 많았지만 그래도 교사가 수업을 장악할 수는 있었다.

오히려 가장 최악의 사태는 가르치는 사람과 배우는 사람과의 관계가 파괴되는 것이다. 교사가 교실에서 권위를 주장하지는 않지만 학생들에게 늘 나약해 보이고 학습자와의 관계에서 믿음직하지 못하거나 무관심 내지는 방관으로 교사가 수업을 장악하지 못하는 상황이 발생하는 것인데 이런 상황이 바로 최악인 것이다.

요즈음 학교에서 화두는 배움이다. 사실 가르침과 배움은 다른 것이 아니다. 가르침은 교사 중심에서 보는 것이고 배움은 학생 중심에서 보는 것일 뿐이다. 그런데도 학생 중심의 배움을 강조하는 것은 교사 중심의 가르침은 강의 중심으로 흐를 수 있고, 이러한 방식의 수업은 학생들의 창의력을 길러주기에 적합하지 않다는 판단하에 배움을 강조하는 것이다. 그런데 30여년을 교사로서 살아온 입장에서 볼 때 이는 말장난에 불과한 것처럼 보인다.

강의식은 지식을 학생들에게 주입(indoctrinate)하기 때문에 주입된 내용만 알 수 있어 바람직하지 못하다는 주장이다.

이는 지식의 내면화에 대한 오해에서 비롯된 것 같다.

지식의 내면화는 기계적인 과정이 아니라 변증법적 과정이다. 즉, 어떤 지식이 들어오면 기존에 알고 있는 지식을 바탕(正)으로 새로운 지식을 재조직화(反)하여 발전을 거듭해 나아가(合)는 과정이다. 그렇다면 배움은 무엇인가? 아무리 생각해 보아도 배움의 핵심은 텍스트를 읽고 노트를 정리하고 보고서를 작성하는 것, 그 이상 다른 것을 생각할 수 없다.

결국 강의를 통한 지식의 주입을 넓게 보아 텍스트를 읽는 과정으로 본다면 강의 중심과 배움 중심은 크게 다르지 않다고 할 수 있다.

배움 중심에서 교사는 학생의 사고를 자극하는 보조자로서의 역할을 강조하는데, 학생의 사고를 자극하는 과정이 무엇인가?

그것은 강의를 통한 지식의 주입과 텍스트를 읽는 일이다. 새 물을 끌어올리기 위해서 마중물을 주입해야 하는 것처럼 말이다.

새 물을 끌어 올리기 위해선 펌프질이 중요한 것이 아니라 마중물의 주입이 중요한 것이다.

배움이든 강의든 중요한 것은 자극으로 새로운 지식을 넣는 것이 필요하다.

우리에게 지식은 선험적으로 들어있지 않다. 그런데 사람들은 마치 지식이 선험적으로 들어있는 것처럼 착각을 하는 것 같다. 만약 아이들의 사고력을 길러주길 원한다면 강의든 텍스트든 열심히 듣고 읽도록 해야 한다. 아이들의 사고는 강의를 들은 만큼, 텍스트를 읽은 만큼만 길러진다. 마지막으로 "방랑자여 길은 없다네, 길은 우리가 걷는 만큼만 만들어질 뿐이라네" 라는 안토니오 마차도의 시구를 떠올려 본다.

▲봉명중학교 교정에서 학생들과 이야기하는 김진균 교장선생님

개학, 공부 그리고 행복

이제 개학이다.

학생들은 잠시 내려 놓았던 공부를 다시 부여잡아야 한다. 흐트러졌던 생활 습관도 고쳐 세워야 한다. 단번에 그러기는 쉽지 않은 일이다. 그러나 가능한 한 빨리 학교라는 틀에 자신을 맞춰야 한다. 그러지 않으면 더 힘든 생활이 될 수밖에 없다. 인간만큼 적응을 잘하는 동물도 없다고 하지 않는가. 분명 대부분의 학생들은 언제 방학이었나 싶을 정도로 금방 적응을 할 것이다.

학생은 말 그대로 공부하는 직업이다. 학생이라면 누구나 배움을 게을리해서는 안 된다. 그런데 가끔 "공부를 왜 해야 하느냐"고 묻는 학생들이 있다. 그래서 "대학에 가려면 그리고 좋은 직업을 잡기 위해선 공부를 해야 해"라고 말하면 "저는 대학 안 갈 건데요."라고 말을 한다. 원하는 대학을 가고 좋은 직업을 잡기 위해 공부를 해야 하는 것은 부정할 수 없는 현실이다. 그러나 공부는 꼭 좋은 대학과 직업을 위해서만 하는 것이 아니다. 공자는 "옛날에는 자기 자신을 위해 배웠지만, 오늘날은 남을 위해 한다(古之學者爲己, 今之學者爲人)."라고 하였다.

이는 다른 말로 위인지학(爲人之學)과 위기지학(爲己之學)이라고 하는데, 위인지학은 공부의 목적이 좋은 대학을 가거나 직업을 잡기 위한 공부, 즉 남에게 자랑하기 위한 공부이고 위기지학은 자신의 인격적 성장을 위한 공부, 즉 마음 공부라고 할 수 있다. 공부는 출세를 하기 위해서도 해야 하지만 자신의 인격적 성장이나 행복을 위서라도 해야 하는 일이다. 대학을 가지 않고 직업을 위한 일이 아니어도 공부는 해야 하는 것이다.

독일의 철학자 칸트는 우리가 사물을 인식하는 과정을 감성과 오성으로 설명한다. 감성이 어떤 대상을 받아들이면 오성은 이를 자신의 틀로 분석하여 개념화하여 인식한다. 여기서 중요한 것은 감성이 아니라 오성이다. 내가 어떤 오성의 틀을 갖고 있느냐에 따라 대상을 인식할 수 있기 때문이다. 오성은 안경과 같은 역할을 한다. 만약 내가 나의 눈에 맞지 않는 안경을 쓰고 있다면 나는 내 앞에 어떤 대상이 나타난다고 해도 그 대상을 제대로 볼 수 없게 된다.

내가 대상을 제대로 보려면 안경을 바꿔써야 한다. 여기서 안경을 바꿔 쓰는 과정이 공부이다. 내가 공부를 하여 망원경으로 세상을 볼 수 있게 된다면 나는 더 넓고 먼 세상을 볼 수 있게 되고 분명 하루하루가 더 행복한 날이 될 것이다. 잘못된 안경을 쓰고 있어 세상을 제대로 볼 수 없는 사람과 좋은 안경을 쓰고 있어 화려하고 넓은 세상을 볼 수 있는 사람, 누가 더 행복할 것인가.

우리는 가끔 이런 말을 하곤 한다. "너는 아는 게 많아 먹고 싶은 것도 많겠다." 이 말은 대체로 아는 척을 많이 하는 사람을 두고 비아냥하는 말이다. 그런데 이 말은 사실 맞는 말이다. 내가 아는 음식이 햄버거 하나뿐이라면 나는 햄버거만 먹고 싶어 할 것이다. 하지만 내가 햄버거도 알고, 피자도 알고, 치킨도 알면 나는 어느 날은 햄버거를, 어느 날은 피자를 먹고 싶어 할 것이다. 우리는 아는 만큼 먹고 싶은 것도 많고, 아는 만큼 행복한 것이다.

나는 사실 요즘 유행하는 아이돌 음악을 잘 모른다. 들어도 금방 들리지 않는다. 귀가 안 들려서가 아닌데도 그렇다. 그래서 몇 번 반복해서 들어보았다. 그랬더니 들리기 시작하고 흥이 난다. 클래식 음악도 처음엔 듣기가 쉽지 않았다. 그러나 반복해서 들으니 마찬가지로 들린다. 어느 날 친구가 내 차를 탔다. 차에서 아이돌 음악이 나오니까 시끄럽다고 끄라고 한다. 난 흥겹기만 한데 말이다. 아마도 내 친구는 트로트 음악만 들으려 할 것이다. 노력하면 아니 공부를 하면 아이돌 음악도 클래식도 들을 수 있는데도 스스로 거부하는 것이다. 반복적으로 들어야 하는 과정이 불편하고 힘들기 때문이다. 그 과정을 견디면 어디를 가도 흥겹고 행복할 텐데 안타까운 마음이 든다.

공부는 나의 행복을 위한 과정이다. 공부는 반복의 과정이고, 극복의 과정이다. 하나를 넘어서면 다른 것을 보고 들을 수 있고 그만큼 더 행복해질 수 있다.
나는 오늘도 아이돌 음악을 틀고, 운전을 위해 안경을 바꿔쓴다.
더 큰 행복을 위해.....

꼭 글로 지식을 습득해야만 공부라고 하는 것일까
공부란, 또 다른 영역을 체험하는 것이라 생각한다.
하나를 넘고 그 다음 단계로 넘어가고
또 다른 영역을 경험 할 수 있는 기회를 찾아가는 행위이다.
더 행복해지는 길이랄까...

동네서점

며칠 전 상생충Book 업무협약식을 청주시 관내 11개 중·고등학교와 가졌다.

독서로 만나는 "이웃의 삶, 이웃의 이야기" 란 슬로건을 가지고, 학생들의 문화향유 증진과 동네서점 및 지역 출판산업진흥을 목적으로 아이들에게 책 읽는 문화가 삶 속에 자연스럽게 녹아들 수 있도록 환경을 만들어 주자는 것이다.

 책이 귀한 시절 한 권의 책을 사기 위해 동네 책방을 찾아 이책 저책을 뒤적거리며 많은 시간을 보내기도 하고, 친구와 만날 약속을 할 때에도 약속 장소 근처 서점은 남는 시간을 보내기에도 안성맞춤의 장소였다.

요즘의 풍경은 이런 면에서 예전과는 사뭇 다르다. 디지털 시대에 맞춰진 아이들은 쉽게 인터넷 서점을 통해 도서 구매를 하고, 시간이 남으면 적당한 장소에서 스마트폰을 보고 있을 것이다. 이러니 학교 근처나 동네에서 서점을 찾기가 어렵다. 대학교 근처도 예외는 아니다. 아는 지인이 동네에 마음먹고 나름 큰 서점을 개업한 적이 있다. 동네에 사는 어르신이 서점에 들러 우리 동네에 서점을 개업한 것에 고맙다고 하시면서, 이곳 주변이 너무 환해지고 뭔가 품격이 있어 보인다고 주민으로서 뿌듯하다는 말씀을 지인에게 전해 들었던 것이 생각난다. 그런데 아쉽게도 지인의 서점은 2년을 버티지 못하고 폐업을 하였다. 동네의 품격은 높았는데 경영의 이익은 올리지 못하였던 것이다.

우리 학교에서는 독서를 장려하기 위하여 다양한 프로그램을 운영한다.

그 중 자랑스런 청중인상은 한 학기동안 친구들과 즐겁게 서로를 배려하고 봉사도 열심히 한 학생을 반 친구들과 담임선생님이 추천하여 장학금을 준다. 여기에서 많은 부분을 차지하는 것이 자기계발을 위한 독서관련 부분이다. 사서선생님께 책을 읽지 않아도 도서관에 자주 오는 학생, 많이 대여해 가는 학생도 점수를 주어 책 읽는 습관을 길러 주라고 당부한다.

독서는 학습이 아니고 삶 속에서 자연스럽게 이루어져 아이들에게 사고력을 길러 주는 것이라고 생각한다. 협약에 참석한 교장선생님 중 한 분이 의미 있는 말씀을 해 주셨다.

"사람은 책을 만들고 책은 사람을 만든다" 고, 갑자기 이런 고민에 빠지게 되었다. 단순히 동네서점과 지역출판의 활성화도 중요하지만, 자라나는 아이들이 자연스럽게 책을 접하게 할 수는 없을까? 디지털에 적응된 아이들이 아날로그적 종이책을 읽는 독서 습관을 가질 수 있도록 하는 방법은 없을까? 어려서부터 부모님 손 잡고 백화점이나 대형마트는 많이 가는데, 온 가족이 동네서점에 들러 이책 저책을 들춰보는 추억을 만들어 줄 수는 없을까? 코로나19로 인해 아이들이 집에 있는 시간이 많다. 이럴 때 일수록 책 읽는 습관이 무엇보다 중요하다.

천고마비의 계절 가을이 왔다. 나부터 책 읽는 습관을 가져야겠다. 자녀와 학생들에게 책을 읽도록 강요하기 보단 우리가 먼저 모범을 보이자. 그러면 아이들은 자연스럽게 책을 가까이 하게 될 것이다. 이러한 우리의 노력이 코로나19로 발생하는 한 가지 문제라도 해결할 수 있는 하나의 방안이 될 것이다.

우리는 개보다 행복할까?

개들은 사람들과 달리 외적인 상황에 영향을 받지 않는다. 행복은 외부 상태가 아니라 내면 상태이다.

외부 상태에 의해 행복을 기대해서는 안 된다. 행복은 설명할 필요가 없는 것이다. 어떤 일이 일어나고 있더라도 우리는 행복할 수 있다. 개들은 실망을 했더라도 불만이 있더라도 이를 오래도록 유지하지 않는다. 그래서 개들은 거의 항상 행복하다. 그러나 불행히도 우리는 그렇지 못하다. 개들은 불만스러운 일을 금방 잊어버리지만 우리들은 행복을 금방 잊어버린다. 개는 몸이 비로 흠뻑 젖었고 흙투성이가 되었어도 '정말 기분 좋아!'라고 말할 수도 있다. 개들은 놀 수 있는 무한 능력을 지니고 있다.

개들은 내 친한 친구들보다 더 나를 있는 그대로 받아들인다. 개들은 사랑에 대해 거짓말을 하지 않는다. 개들의 사랑은 조건 없는 것이라는 사실을 알 수 있다. 소중한 사람들에게 우리의 개가 하듯 사랑을 보여주자. 우리가 원하는 모습으로서가 아니고 있는 그대로의 모습을 인정하자.

우리는 개들과 달리 처음 만나는 사람들을 경계한다. 개들에게 배울 수 있는 교훈 중 하나는 변화를 받아들이고 변화에 적응하는 것이었다. 사람은 흔히 개를 자기 수준으로 끌어 내린다. 개들은 칭찬을 먹고 사는 듯 보일 정도로 칭찬을 자연스럽고 기쁘게 받아들인다. 개들은 사람들의 말을 아무런 판단도 내리지 않고 그들의 문제를 고쳐주려 하지도 않은 채 그저 묵묵히 이야기를 들어준다. 경청한다는 것은 단순히 듣기만 하는 것이 아니다. 경청한다는 것은 우리의 모든 관심을 기울여서 남의 이야기를 듣는 것을 의미한다. 따라서 상대방의 상황과 심정을 이해할 수 있어야 한다.

전통적으로 남성들은 이야기를 어떤 명제의 차원에서 듣는 경향이 강하다. 명제란 옳다 혹은 그르다를 따질 수 있는 것이며 이 세상에서 벌어지는 어떤 일의 상태를 가리킨다. 남의 말을 귀 기울여 잘 듣는다는 것은 연민을 갖고 듣는 것이기도 하다. 이야기를 들어주는 것만으로도 우리는 다른 사람이 고통을 더는 데 도움을 줄 수 있기 때문이다.

개들은 서로를 쉽게 용서하고 쌓아두지 않는다. 그러나 사람들 중에는 몇 십 년 동안 원한을 품고 사는 사람들이 있다. 용서는 다른 사람을 위해서가 아니고 나를 위해 용서해야 한다.

다른 사람을 위해 기뻐할 수 없다면 아무리 오래 살더라도 행복해지지 못할 것이다.

내가 무엇을 하고 싶어하든 무슨 일을 해야하든 개들에게는 상관없다. 개들은 그저 나와 함께이고 싶은 것이다.

인생이 우리에게 주는 작은 기쁨들은 우리 주변에 널려있을 뿐 아니라 대개 돈이 들지 않는다는 사실이다. 문제는 우리가 큰 기쁨을 찾는 데에만 정신이 팔려서 작은 기쁨들은 놓쳐버리는 것이다.

삶의 작은 기쁨들에 좀 더 주의를 기울인다면 인생 자체가 큰 기쁨이 될 수 있다. 아름다운 밤하늘을 바라보고 부드러운 바람 소리를 듣는 기쁨 등 개는 자기가 매력을 느끼는 물건이 자신을 옭아매도록 놔두지 않는다. 개는 평생 가벼운 몸으로 여행을 한다. 우리는 우리에게 실제로 필요한 것보다 더 많은 물건을 갖고 있을 때 안전하게 느낀다. 우리는 인생이라는 여행을 하면서 시간이 갈수록 점점 더 커져만 가는 가방을 끌고 다닌다.

자신의 소유물을 걱정하는 데서 벗어나는 것은 해방의 경험이 될 수 있다. 물질적이고 감정적인 짐을 버리는 연습을 할 수 있다면 우리의 삶은 훨씬 행복해질 것이다.

"자기 뜻대로 할 수 있는 것은 최대한 활용하라. 그러나 어찌할 수 없는 것은 되는대로 놔두어라." (에픽테루스)

개들은 도움을 청하는 걸 두려워하지 않는다. 개는 체면을 차릴 필요가 없다. 능력있게 보여야할 필요도 없고, 자기 이미지를 보호할 필요도 없다.
개들은 성격이 워낙 좋아서 비난의 말도 너무 기분 나쁘게 듣지 않는다. 잘못을 했든 하지 않았든, 개들은 혼좀 났다고 해서 훌쩍거리고 있거나 뿌루퉁해 있지 않는다. 그들의 좌우명은 명확하다.

"당신이 괜찮으면 나도 괜찮아요."

행복하다는 것은 삶에서 우리에게 영감을 주고 에너지를 주는 무언가를 계속해서 찾고 발견해가는 상태가 아닐까. 요즘 내가 만나는 많은 사람들은 인생의 모든 일에 무관심한 것처럼 보인다.
가능한 한 오랫동안 가능한 한 행복하고 싶다면, 항상 새로운 경험을 기꺼이 받아들여야 한다. 새로운 기술을 배워야 한다. 평생을 통해 새로운 도전을 찾아야 한다. 계속해서 적극적으로 삶을 살아야 한다.
개는 자기 모습을 남들과 비교하지 않는다. 반면에 우리 인간들은 만나는 모든 사람들과 자신을 끊임없이 비교한다. 우리의 몸이 적나라하게 드러나는 헬스클럽에서는 특히 그러하다.

자신을 남들과 비교하기 시작하면 자신에 대해 기분이 나빠질 것이다. 언제라도 우리보다 똑똑한 사람이 있을 수 있고, 우리보다 부자인 사람이 있을 수 있으며, 우리보다 품위 있는 사람이 있을 수 있다. 그러면 좀 어떤가?

개는 자신들에게 주어지는 것은 무엇이든 감사하게 받는다. 모든 것을 자신이 원하는 대로 갖는데 스스로를 익숙하게 만든다면 그 방식으로 가질 수 없게 될 때는 불행하다고 느끼게 될 것이다.

일이 잘못되어가고 있을 때에도 개들은 긍정적인 태도를 유지한다. 좋지 않은 상황에 맞딱드려 기분이 안 좋아졌을지라도 개들은 그 기분에 빠져 있지 않는다.

우리 사람들은 인생의 부정적인 면에 빠져서 사는 경향이 있다. 우리는 제대로 되고 있는 일에 기뻐하기 보다는 잘못되고 있는 일을 걱정하며 보내는 시간이 훨씬 많다.

개들은 자신이 해야 하는 일에 대해서 고민하지 않는다. 그리고 마음을 바꾸는 일에 대해서도 고민하지 않는다.

디오게네스와 알렉산더 대왕이 기원전 323년 같은 날에 세상을 떠났다는 사실이다. 그런데 당시 알렉산더 대왕은 33세였고 디오게네스는 90살이었다.

일이 잘못되어갈 때 다리가 둘인 우리 사람들은 그 일에 대해 이야기 하고 생각하는 것을 좋아한다. 현재에서 문제가 없는 미래로 나아가지 못하고 잘못된 과거에 매여 있는 것이다.

지금 이 순간 경험하고 있는 것에만 관심을 갖고 집중할 수 있는 능력을 갖고 있는 것이다.

인류의 역사상 지금보다 인간의 몸이 문제가 되었던 적은 없을 것이다. 여성이든 남성이든 모두들 몸의 문제에 너무나 집착하고 있다. 개는 자기 몸을 있는 그대로 받아들이고 즐길 줄 알며 품위 있게 늙어갈 줄 아는 존재이다.

우리의 삶은 우리가 하고 싶은 일이 아니라 우리가 해야 한다고 생각하는 일들을 하느라 소비된다. 삶은 우리가 정말로 원하지 않는 일을 하느라 하루라도 허비하기에는 너무나 짧다. 나는 돈 때문에 평생 자기가 정말로 하고 싶은 일을 하지 못하는 사람들을 많이 보았다.

삶에서 느낄 수 있는 기쁨, 즐거움, 만족을 모두 얻으려면 우리는 우리가 정말로 사랑하는 것이 무엇인지 찾아야하고 우리의 전부를 거기에 바쳐야 한다.

행복을 얻는 가장 확실한 방법 중 하나는 우리를 진정 매혹하는 일이 무엇인지 찾아내어 그것에 집중하는 것이다. 인생은 부정적인 생각에 사로잡힌 채 보내기에는 너무나 짧다는 사실을 상기해야 한다. 사소한 일에 목숨을 걸지 않을 때 우리의 삶은 훨씬 행복하다.

*
이 노래가 생각난다.
"손에 손 잡고~벽을 넘어서~
서로 서로 사랑하는 한 마음되자 손잡고"

나이 듦과 젊음 사이

요즈음 우리 사회는 이념갈등, 지역갈등, 세대 갈등 등 다양한 갈등으로 서로를 배척하거나 상대방에 대해 무관심한 태도를 보이는 일들이 자주 발생하곤 한다. 교육 현장도 예외는 아닌 것 같다. 가정에서는 자녀와의 갈등으로 부모와 자녀 간에 보이지 않는 벽이 점점 높아지고 있다. 학교에서의 갈등은 좀 더 복잡한 양상을 띤다. 교사와 학생 간의 갈등이 있는가 하면, 젊은 교사와 원로교사 사이의 갈등이 있고, 관리자와 평교사 및 젊은 교사들 사이의 갈등도 있다. 그렇다면 이러한 갈등은 나쁘기만 한 것일까? 그렇지는 않을 것이다. 민주주의 사회에서 갈등은 필연적이고, 민주화를 표현하는 척도가 될 수도 있다. 만약 어떤 사회가 전혀 갈등이 없다면 우리는 그런 사회를 진정 바람직한 사회라고 할 수 있을까? 사람들은 갈등이 없는 사회를 이야기하면 전체주의 사회나 독재 사회를 떠올리게 된다. 따라서 민주주의 사회에서의 갈등은 오히려 사회 발전의 원동력이 될 수도 있다. 하지만 이 경우는 합리적 틀 안에서의 갈등이라는 것을 잊으면 안 된다. 이를 독일의 철학자 하버마스는 의사소통적 합리성이라 하였는데, 여기에서 중요한 것은 타인에 대한 인정과 개방성이다. 만약 갈등이 이런 합리성의 틀을 벗어난 갈등이라면 이는 사회를 분열시키고 서로를 배척하고 미워하게 만들 것이다. 따라서 우리는 갈등을 합리적 틀 안으로 끌어와야 한다.

우리 사회의 현실은 어떠한가? 합리적 틀 안에서의 갈등이라고 보기 어려운 갈등이 다수 존재한다. 갈등의 해결에서 가장 중요한 것은 소통이다. 그런데 우리의 교육 현장을 보면 소통이 부족한 것 같다. 젊은 세대와 나이든 세대들은 다른 언어를 사용하는 사람들처럼 행동한다. 각자 자기들의 말만 하고 서로를 존중하고 마음을 열려고 하지 않는다.

그러다 보니 소통 자체를 논하기도 어려운 상황이다. 그래도 과거에는 일방향적 소통이라도 있었다고 할 수 있다. 과거에는 나이 듦이 곧 권위의 상징이고 존경과 가치로움의 대상이었다. 아직도 그런 전통이 남아있어 어떤 문제로 논쟁을 하거나 싸움을 하다 할 말이 없거나 논쟁에서 지게 되면 우리는 상대방에게 나이를 묻는다. 그러곤 곧바로 나이도 어린 것이 싸가지 없게 어른한테......이러면서 나이로 모든 것을 덮으려 한다. 우리의 의식 속에는 뿌리 깊게 나이는 곧 권위의 상징이라는 생각이 자리 잡고 있는 것이다. 물론 이런 방식의 소통은 합리적 틀에서 벗어나 있고 진정한 소통이라고 할 수는 없다. 어떤 이는 이런 식의 소통이라면 소통을 하지 않는 편이 더 낫다고 할지도 모른다.

그렇다면 요즈음의 상황은 어떠한가? 과거의 소통 방식과 완전히 다른 소통 방식이 지배적인 사회가 되었다. 시대가 변하면서 가치의 중심이 나이 듦에서 젊음으로 옮겨졌고 나이 듦은 무가치함으로 변해 버렸다. 얼마 전에 "90년대 생들이 온다." 라는 책을 읽은 적이 있다. 이 책을 보면 90년대 생, 즉 젊은 사람들의 생각과 가치를 이해하지 못하는 사람은 모두 꼰대이고 문제 있는 사람이라는 생각이 든다. 물론 나이든 사람으로서 90년대 생들의 생각과 가치를 이해해야 하는 것은 소통과 탄력적인 사고를 할 수 있다는 점에서 분명 옳은 것이다. 그렇다고 젊음만이 가치로움이고 나이 듦을 무가치함 내지는 꼰대적 사고로 몰아간다면 이 또한 일방향적 소통이고 합리적 소통의 틀에서 벗어난 것이다.

우리는 과거에는 나이라는 권위를 통한 일방향적 소통을 강요받았다면,

요즈음은 젊음의 가치를 통한 일방향적 소통을 묵시적으로 강요받고 있다고 할 수 있다. 이제 우리에게는 쌍방향적 소통이 요구된다. 젊음은 나이 듦을 존중하고 나이 듦은 젊음을 존중하며 마음을 열어야 한다.

이를 위해 온고지신의 정신을 생각해 본다. 이 말은 논어 위정편에 나오는 말로 "옛 것을 익히고 새 것

▲중학교 시절 친구들과

을 알면 남의 스승이 될 수 있다.(溫故而知新, 可以爲師矣.)"라는 구절에서 따온 말이다. 나이 듦의 상징인 깊게 패인 주름 하나 하나에는 삶의 희노애락이 녹아 있는 것이다.

나이 듦은 돈을 주고 사거나 한 순간에 건너 뛸 수 없는, 시간을 투자하지 않고는 그 누구도 가질 수 없는 가치이다. 중요한 것은 이러한 가치가 젊은 사람들의 모델이 될 수 있어야 한다는 것이다. 강요가 아니라 스스로 존중하고 본받으려는 마음이 우러날 수 있어야 하는 것이다.

이렇게 하려면 나이든 사람들이 먼저 마음을 열고 젊은 사람들의 생각과 가치를 존중해주어야 한다. 이제 갈등을 넘어 소통으로 가기 위해 서로를 존중하는 마음부터 가져보는 건 어떨까 하는 생각을 해본다.

Part 2
교사 김진균,
끝없는 교육 이야기

*
지식의 나무

2학기 전면 등교 방안에 대해서

코로나19 이후 "정상입니다" 라는 체온계의 소리를 들으며 하루를 시작한다. 나는 오늘도 정상이다. 예전에는 정상, 비정상이라는 생각 자체를 하지 않았고 그럴 필요도 없었다. 이제는 아니다. 반드시 정상이어야만 한다. 어디를 가든 무엇을 하든 정상이어야만 한다.

그런데 학교는 아직도 비정상이다. 많은 학교가 1/3 등교이거나 2/3 등교로 학생들은 오늘도 집에서 온라인 수업을 듣고 있다. 얼마 전 교육부가 이런 비정상을 정상으로 돌려놓기 위해 2학기 전면 등교 방안을 발표하였다.

그 내용을 보면 1단계는 1학기에 등교 인원을 우선 확대하는 방안으로 거리두기 2단계의 경우 기존에는 학교 밀집도 원칙을 1/3 등교에서 2/3 등교로 확대하는 것이고, 2단계는 방학을 이용 전 교직원과 고3 학생 백신 접종과 함께 방역 인력을 지원하여 철저한 준비를 한 다음, 3단계로 2학기에는 거리두기 1,2단계 시 전면 등교를 추진한다는 것이다.

이런 교육부의 발표에 대해서도 논란과 우려가 있다. 학생들의 건강과 안전은 최상의 가치이다. 누구도 이것에 이의를 제기하는 사람은 없을 것이다. 우리는 이러한 학생의 건강과 안전을 위협하는 그 무엇과도 타협할 수 없다. 하지만 이러한 팬데믹이 지속되고 있는 상황에서 학생들 등교를 마냥 미룰 수도 없는 상황이다.

2학기 전면 등교와 관련하여 설문 조사한 내용을 보면 학부모 90.5%, 교원 70.3%, 학생 69.7%가 찬성을 하였다. 충북에서는 학교별로 차이는 있지만, 6월 21일부터 전면 등교를 우선 실시는 학교도 생겨나곤 했다. 필자는 전면 등교 아니 교육의 정상화가 오히려 늦은 감이 있다는 생각이 든다. 영국의 경우는 주간 평균 확진자가 8천여 명인 상황에서도 전면 등교를 실시하고 있다. 이런 주장에 비판적 의견도 있을 수 있다. 그들의 주장도 학생들의 건강과 안전을 걱정하는 마음인 만큼 그들의 의견에도 귀를 기울여야 함이 마땅하다. 하지만 학교의 비정상적 운영은 많은 문제를 초래하고 있다는 점도 간과해서는 안 된다.

지금 학생들은 학습 결손, 정서 및 습관 문제, 사회성 문제 등 많은 문제에 직면해 있다. 사실 학교 현장에서 느끼는 체감지수는 심각하기까지 하다. 이러한 문제들 중 특히 심각한 것이 학습 결손과 학력 격차라고 할 수 있다. 학습 결손은 한번 발생하면 쉽게 회복되지 않는다. 학습 결손은 지속적인 학습 지체로 이어져 학생들의 학습 역량에 치명적인 문제를 일으킬 수 있다.

교육부는 6월 2일 「2020 국가수준 학업성취도 평가 결과」를 발표하였다. 발표에 의하면 국, 영, 수, 모든 과목에서 학력 저하 현상이 뚜렷하게 나타났다. 보통학력 이상 학생 비율은 하락하였고, 기초학력 미달 학생의 비율은 상승 폭이 컸다. 기초학력 미달 학생의 비율만 보면 2017년 조사 이래 가장 높은 결과가 나타난 것이다. 물론 이런 결과의 원인을 모두 학교의 비정상적 운영 탓으로 돌릴 수는 없을 것이다. 하지만 합리적 의심을 지울 수는 없다. 온라인 학습은 자기 주도적 학습 역량을 갖추고 있거나 학생을 케어할 수 있는 환경 속에 있는 학생의 경우 문제가 되지 않을 수 있다. 하지만 그렇지 않은 학생들의 경우 심각한 문제를 발생시킨다. 이제 학생들은 온라인 학습에 익숙해지다 보니 많은 학생들이 학교에 등교하는 것보다 가정에서 온라인 수업을 듣는 것을 더 좋아한다. 그 이유는 다름이 아니라 편하기 때문이다. 웬만한 자기통제 능력이 없는 학생이라면 이러한 유혹으로부터 자기를 지키는 일이 쉬운 일은 아니다.

어렵기에 주변의 도움을 받아야 하고 학생들은 학교에 등교를 해야 한다. 학교에 등교를 하여 대면 수업을 통해 학습 결손을 보충해야 한다. 다른 학생들과 다양한 교육활동을 하며 사회성도 기르고 친구들과 교감하며 정서적 안정도 도모해야 한다. 학생의 건강, 안전과 학교 정상화를 양자택일적 관점으로 접근하기 보다는 서로 조화를 이룰 수 있는 방법을 찾아야 한다. 우리의 희망인 학생을 위해서.....

▲2012 율량중학교 등교맞이 행사 중

고교학점제에 대한 이해 1

고교학점제가 학교 현장에서 화두가 되고 있다.

지금은 특성화고와 일반계고에서 부분적으로 운영되고 있으나, 현 초등학교 6학년 학생이 고등학교에 입학하게 되는 2025년이 되면 전면 시행될 예정이다. 고교학점제는 교육 패러다임의 대전환을 요구하게 된다. 따라서 학생, 학부모, 교사는 고교학점제가 안고 있는 긍정적인 면과 부정적인 면에 대해 충분한 이해가 있어야 할 것으로 보인다. 고교학점제는 말 그대로 일정 학점을 취득하면 졸업을 할 수 있도록 하는 제도로서 대학에서 적용하고 있는 제도이다. 그렇다면 교육부는 이처럼 대학에서 실시하고 있는 학점제를 고등학교까지 확대하려고 하는 이유는 무엇일까?

사실 고교학점제로 진로 맞춤형 교육을 추진하겠다는 것이 현 정부의 대선 공약 중 하나였다. 어쩌면 이런 이유도 있을 것으로 생각되나 그것만이 전부는 아니라는 관점에서 살펴보고자 한다. 교육부에 의하면 고교학점제를 실시하려고 하는 배경에는 4차 산업혁명에 따른 미래 예측의 어려움, 저출산에 따른 인구구조 변화, 디지털 세대의 변화된 학습 성향, 사회적 불평등·양극화에 따른 교육격차 심화, 새로운 인재상의 필요성 대두 등이 있다. 이렇게 사회는 변화하고 있는데 학교는 아직도 획일적인 교육과정에 의거 교육이 이루어지고 있고, 초등, 중등 교육이 대학입시의 노예로 전락하여 경쟁을 부추기고 학생들을 서열화함으로써 학습의욕을 저하시킬 뿐만 아니라 학생 개개인의 적성과 진로를 고려한 교육을 하지 못하고 있다는 판단에 따른 조치라는 입장이다. 만약 이들의 주장이 맞다면 분명 지금까지의 우리 교육은 많은 문제를 안고있는 것이고 어떤 형태로는 변화하지 않으면 안 된다. 물론 그렇다고 고교학점제로 변화되어야 한다는 것은 아니다.

그렇다면 지금까지의 교육 문제를 해결할 대안으로서의 고교학점제는 도대체 무엇을 어떻게 하자는 것인가? 고교학점제는 고등학교의 수업 학사 운영을 기존의 '단위'에서 '학점'을 기준으로 전환하여 졸업 기준을 204단위에서 192학점으로 조정하자는 것이다.

그 내용을 좀 더 구체화해 보면 학생들은 1학년 때는 기초소양 및 기본 학력 함양을 위한 '공통과목'을 이수하고 평가를 받게 되는데, 여기서의 평가는 성취도(A,B,C,D,E,I)와 석차 등급 즉, 원점수, 과목 평균, 성취도, 수강자 수, 성취도별 학생 비율을 산출하게 된다.

예를 들면 어떤 학생이 3학점짜리 수학을 85점을 받았고, 과목 평균이 65점, 성취도가 B이고, 수강자 수가 60명이며 성취도별 학생 비율이 30.9이면 원점수 85/과목평균 65, 성취도 B/수강자 수 60 그리고 성취도별 학생 비율 B(30.9)로 표기하게 된다. 반면 2~3학년 때는 선택과목만 수강하게 되는데, 선택과목은 다시 교과별 학문 내의 분화된 주요 학습 내용 이해 및 탐구를 위한 '일반선택'과 교과 내·교과 간 주제 융합과목인 '융합선택' 그리고 교과별 심화학습 및 진로 관련 과목인 '진로선택'으로 구분된다. 학생들은 선택과목 중에서 학년에 관계없이 수강 신청을 하고 평가를 받게 되는데, 선택과목은 성취도(A,B,C,D,E,I)만 표기하는 것으로 되어 있다. 과목을 이수하고 학점을 취득하기 위해서는 과목 출석률(수업 횟수의 2/3이상 출석)과 학업 성취율(40% 이상)을 충족해야 한다. 문제는 성취도 'I'를 받은 학생이다. 여기서 'I'는 Incomplete의

약자로 미이수를 말한다. 미이수 학생은 보충이수를 실시하거나 대학처럼 다음 학기에 재이수를 해야 한다. 하지만 이것은 아직 확정된 것은 아니고 검토 중이라고 한다.

여하튼 이런 교육부의 주장을 그대로 수용한다면 고교학점제는 분명 지금까지의 교육 문제를 해결할 새로운 패러다임으로서 충분한 가치가 있을 것으로 보인다. 하지만 고교학점제는 교육부의 주장대로 긍정적인 면만 있는 것이 아니다. 깊이 생각하지 않아도 많은 부분에서 헛 점이 보인다. 어떤 정책이든 긍정적인 면만 보고 실시하는 것은 문제가 있다, 오히려 부정적인 면에 주목해야 한다. 그래야만 잘못된 정책으로 인한 피해를 최소화 할 수 있기 때문이다. 만약 고교학점제에서 많은 문제가 예상된다면 충분한 검토를 통해 폐지하거나 수정되어야만 한다. 왜냐하면 학생들 한 사람 한 사람은 어떤 정책의 실험 대상자가 아닌 소중한 존재이기 때문이다.

고교 학점제에 대한 이해 2

지금부터는 고교 학점제를 시행할 경우 어떤 문제가 발생할 것인가에 대해 이야기 해 보고자 한다. 우리가 제도의 시행에 앞서 발생할 문제가 무엇인지 꼼꼼히 살펴봐야 하는 이유는 만약 문제를 충분히 검토하지 않고, 그리고 발생할 문제를 보완하지 않고 제도를 성급하게 시행할 경우, 그 피해는 교육 정책 입안자들보다 교육 주체인 학생, 학부모, 교사가 모두 떠안을 수밖에 없기 때문이다. 고교 학점제는 분명 많은 문제가 발생할 것으로 예상되는데 여기서는 제도 자체가 안고 있는 문제와 운영상의 문제로 나누어 살펴볼 것이다. 그리고 운영상의 문제는 다음 칼럼에서 다룰 예정이다. 그렇다면 고교 학점제 제도 자체가 안고 있는 문제에는 어떤 것들이 있을지 같이 고민해 보자.

먼저, 변별력의 문제를 생각해 볼 수 있을 것이다. 대학 입시가 바뀌지 않는다면 아니 바뀐다고 하더라도 대학은 학업 능력이 뛰어난 우수한 학생을 선발하고자 할 것이다. 이런 상황에서 우리는 과연 경쟁을 피할 수 있겠는가? 그런데 고교 학점제가 시행되면 선택과목의 경우 성취도인 A,B,C,D,E만 학생부에 기록된다. 문제는 이런 성취도만 갖고는 어떤 학생이 어느 수준의 학업 능력을 가진 학생인지 알 수 없다는 데 있다. 즉 성취도는 변별력이 낮아 대학에서 입시에 활용할 수 없게 될 가능성이 높다. 결국 대학은 고등학교 1학년 공통과목에서 변별력을 찾거나 아니면 수능에 대한 비중을 높이거나 할 수밖에 없을 것이다. 이렇게 될 경우 고교 교육과정은 지금보다도 더 파행적으로 운영될 수밖에 없을 것으로 예상된다.

다음은 정신적 영양 불균형 문제이다. 우리가 만약 아이들을 뷔페 집에 데려가서 자유롭게 식사를 하라고 하면 아마도 아이들은 자신들이 좋아하는 음식인 고기나 피자만 골라 먹을 것이다. 그리고 이런 상황이 지속될 경우 아이들은 영양 불균형으로 건강을 잃게 될 가능성이 있다. 이와 마찬가지로 아이들에게 자유롭게 과목을 선택하도록 한다면 아이들은 자신이 좋아하는 과목, 다시 말해 공부하기 쉬우면서 수능에 필요한 과목만을 선택하게 될 가능성이 매우 높다. 그리고 이런 상황이 지속되면 많은 아이들은 정신적 영양 불균형으로 건강하고 튼튼한 정신적 역량, 즉 삶을 살아가면서 반드시 알아야 할 교양조차 갖추지 못하게 될 것이다.

다음은 미이수자 처리 문제이다. 현재는 수업일수의 2/3만 출석하면 진급이 가능하고 무리없이 졸업도 할 수 있지만 학점제가 시행되면 3년간 192학점을 취득하고 수업 횟수의 2/3출석과 학업 성취율 40% 이상을 충족해야만 진급과 졸업이 가능해진다. 이럴 경우 가장 큰 문제는 미이수자의 처리 문제일 것이다. 물론 보충 이수와 재이수 등 다양한 보완책이 마련 중이긴 하지만 실제로 성취율 40% 이상을 충족하는 것이 그리 쉬운 일만은 아닐 것이다. 과목별로 보면 상당수의 학생들이 미이수 처리될 가능성이 있다. 그렇다고 시험 문제를 무조건 쉽게만 출제할 수는 없지 않겠는가. 그리고 미이수자가 누적될 경우 교사, 학생 학부모의 고민은 커질 수밖에 없을 것이다.

마지막은 공동체 의식의 약화 문제이다. 고교 학점제는 공동체 의식, 즉 공동체의 가치의 약화를 초래할 가능성이 있다. 고교 학점제는 개인주의와 자유주의에 토대를 둔 제도로 학생들의 자유로운 선택을 최상의 가치로 간주한다. 그래서 학생들이 개인의 가치에 의거해 자신이 원하는 과목을 자유롭게 선택할 수 있도록 해주는 것, 그리고 그렇게 하는 것이 개인의 이익을 최대화하는 것이고, 선이며, 옳은 것이라는 입장을 견지한다. 이럴 경우 아이들은 극단적 개인주의나 이기주의적 태도를 지닌 아이로 성장할 가능성이 있다. 혹자는 이것이 뭐가 문제냐?라고 반문할지도 모르지만 인간은 사회적 동물이라는 것을 잊지 말아야 한다. 우리는 가정, 학교, 지역사회, 국가라는 공동체를 떠나서는 살아갈 수도, 성공적인 삶을 살아갈 수도 없는 존재이다.

고교학점제에 대한 이해3

현재 고등학교는 선택중심 교육과정을 운영하고 있다. 선택중심 교육과정은 고교 학점제로 가는 과도기적 성격을 띤다. 따라서 선택 중심 교육과정에서 발생하는 문제는 고교 학점제가 본격적으로 시행되면 더 확대, 심화될 가능성이 큰 만큼 가볍게 생각하거나 무시해서는 안 된다. 만약 선택중심 교육과정에서 발생하는 문제를 철저히 검토하고 수정 보완하지 않는다면 교사와 학생, 학부모는 고교 학점제라는 엄청난 패러다임의 변화라는 파도에 휩쓸려 가야 할 방향을 상실한 채 허우적대다 결국 바다에 빠지게 될 것이다. 그리고 교육의 주체는 서로 그물망처럼 연결되어 있어 교사의 문제, 학생의 문제, 학부모의 문제가 한 주체만의 문제로 끝나지 않는다는 점에 주목해야 한다. 한 주체의 문제는 곧바로 다른 주체에게 영향을 주어 눈덩이처럼 문제가 커지는 만큼 교육 문제는 반드시 총체적으로 접근하고 해결하려는 노력이 필요하다. 그러면 지금부터 선택중심 교육과정을 운영하면서 발생하고 있는 문제에는 어떠한 것들이 있는지 알아보자.

먼저 선택중심 교육과정에서는 한 명의 교사가 여러 과목을 담당하게 되는데, 이는 교사에게 수업 준비, 평가, 학교생활기록부 세부능력 특기사항 작성 등에서 엄청난 부담이 되고 있다는 점이다. 이런 부담은 결국 수업 준비 소홀, 평가 오류 및 평가의 적절성 문제 발생, 학교생활기록부 세부능력 특기사항 작성의 부실로 이어지게 되고 학생들의 대학 진학이나 진로에 악영향을 미치게 될 수밖에 없게 된다.

다음은 교사, 강사의 확보 문제이다. 다양한 과목을 개설하다 보면 어떤 과목은 선택한 학생 수가 적을 수 있고, 그 과목은 가르칠 교사나 강사가 확보되어 있지 않은 경우가 발생할 수 있다. 교육부에서는 이런 문제를 해결하기 위해 그 분야의 박사급 전문가를 시간강사나 기간제 교사로 위촉하여 그들에게 수업을 맡길 수 있다고 보고 방안을 모색 중이다. 그런데 이런 생각은 위험할 수도 있다는 생각을 해야 한다. 어떤 분야에 박사학위를 가진 사람이라면 분명 전문적인 지식을 갖춘 사람이라는 점은 부인할 수 없을 것이다. 그러나 전문적인 지식을 갖춘 사람이라고 수업을 잘한다는 보장을 하기는 어렵다. 우리가 신규 교사를 채용할 때 수업 시연을 중요하게 생각하는 이유를 떠올리면 충분히 문제 의식을 가질 수 있을 것으로 보인다.

다음은 이동수업과 합반 수업, 공강의 발생에 따른 학생들의 관리 문제이다. 학생들이 이동하고 합반 수업을 할 경우 매번 출석을 부르지 않으면 수업을 진행할 수 없다. 학생들이 늦게 수업에 들어오거나, 수업에 참여하지 않은 경우 결석인지, 그 수업만 빠진 것 즉, 결과인지를 파악하기 쉽지 않다. 또 공강이 발생할 경우 아이들은 특정 장소에서 자습을 해야 하는데 자습을 하지 않고 학교를 배회하거나 무단 외출을 할 경우 이를 관리할 방법도 없다.

다음은 정형화되어 있는 학교 공간의 재배치 문제이다. 현재의 학교 공간은 일정한 크기와 모양을 가진 형태를 띠고 있다. 선택중심 교육과정을 운영하면서 우리는 다양한 형태의 교실이 필요함을 절실히 느끼고 있다. 이는 고교 학점제의 시행에 앞서 학교 공간의 획기적인 변화가 왜 필요한지를 알게 해준다. 고교 학점제가 시행되면 다양한 모양과 기능을 가진 교실이 있어야 하고 그 숫자도 학생 수 대비 지금보다 많은 수의 교실이 필요할 것으로 예상된다. 문제는 이러한 학교 공간의 재배치를 위해선 많은 시간과 천문학적 비용이 들 것이라는 점이다.

이외에도 선택중심 교육과정의 운영은 반 편성 문제, 시간표 운영 문제, 교원 간의 수업시수 불균형 문제 등 너무 많은 문제에 노출되어 있다. 물론 변화에는 진통이 따르기 마련이다. 그리고 이러한 진통도 교육 주체 누군가에게 도움이 된다면 우리는 감수해야 한다. 또 아직 시간이 많이 있는 만큼 우리는 철저한 대비를 해야 한다. 조금이라도 문제를 줄이거나 없애기 위해......

공자의 고민

공자는 춘추 전국시대 노나라 사람으로 정치가이자 사상가이자 교육자라고 할 수 있다. 공자가 살던 시대는 자식이 아비를 때려죽이던 매우 혼란스러운 사회였다. 이런 혼란스러운 사회를 살던 공자는 어떻게 하면 노나라를 질서가 있는 올바른 사회로 만들 수 있을까를 고민하였다.

고민 끝에 공자는 사회가 혼란스러워진 이유를 찾아내게 되는데 그가 찾은 사회 혼란의 원인은 바로 도덕성의 타락 즉 인(仁)의 타락이었다.

그래서 공자는 혼란한 사회를 바로잡기 위해 인을 회복해야 한다고 했던 것이다. 인(仁)은 어질 인자로 공자는 사람들이 어질게 되면 사회가 질서로우면서도 올바른 사회가 될 것이라고 생각을 하였다. 그러면 어진 사람이란 도대체 어떤 사람인가하는 궁금증이 생기게 되는데 공자가 생각한 어진 사람은 충서(忠恕)를 실천하는 사람이고 기소불욕 물시어인(己所不欲 勿施於人)을 행하는 사람이라고 할 수 있다. 이를 풀이해보면 충서를 실천하는 사람은 자신에게 엄격하고 다른 사람에게는 너그러운 사람이고, 기소불욕 물시어인을 행하는 사람은 자기가 원하지 않는 것을 남에게도 하지 않는 사람이다. 한마디로 어진 사람은 자신에게는 엄격하여 자신의 잘못에 대해서는 철저한 자기 비판과 반성을 하지만 다른 사람의 잘못에 대해서는 한없이 너그러운 사람이라고 할 수 있다.

요즈음 우리 사회에 가장 유행하는 말이 내로남불이다. 이는 내가 하면 로맨스이고 남이 하면 불륜이라는 말을 줄인 말이다. 우리 사회는 언제부터인가 이런 내로남불이 만연한 사회가 되었다. 많은 사람들이 남이 잘못한 일에 대해서는 엄격한 잣대를 들이대어 비판에 열을 올리지만 정작 자신의 잘못에 대해서는 눈을 감거나 아주 너그러운 태도를 보인다. 심지어 자신의 잘못에 대해서는 잘못이라는 생각조차 하지 못해 도덕 불감증에 빠진 것이 아닌가 하는 생각마저 들 정도다. 그리고 이런 행태를 보이는 곳은 정치판뿐만 아니라 우리 교육계에도 마찬가지인데, 학생들에게 바른 사람이 되라고 가르치는 교육계에도 이런 의식이 만연해 있는 것은 심각한 문제라 아니할 수 없다.

공자가 살고 있던 시대도 작금의 우리 사회와 별반 다르지 않았던 것 같다는 생각이 든다. 만약 공자가 지금 우리 사회에 살고 있다면 공자는 아마 우리 사회를 매우 혼란스러운 사회로 진단하고 고민에 빠졌을 것이다. 내로남불이 판을 치다보니 우리 사회는 옳고 그름에 대한 기준을 말하기 어렵게 되었다. 모든 것이 자기편에서 생각하면 옳은 것이고 다른 편에서 생각하면 옳지 못한 것이 되었다. 상대편에 대해서는 가혹하리만큼 엄격한 잣대를 들이대고 비난하는 사람들이 자기 편에게는 한없이 너그럽다. 결국 내 편은 정의이고 선이고 옳은 반면 남의 편은 부정의이고, 악이고, 옳지 못하다고 비판을 서슴지 않는다. 결국 정의는 땅에 떨어져 부정의가 정의로 둔갑하였고 스스로를 정의롭다고 하고 있는 지경에 까지 이르게 되었다.

이런 상황에서 우리 사회를 바로잡기 위해서는 공자를 다시 불러오지 않을 수 없다. 공자는 지금의 우리 사회를 보면서 어떤 처방을 할까?

아마도 공자는 우리에게 추기급인(推己及人)하고 극기복례(克己復禮)하라고 가르칠 것 같다. 추기급인은 자신에게 미루어 다른 사람의 마음을 헤아리라는 말이고 극기복례는 자신의 사욕을 극복하고 진정한 예(禮)를 회복하라는 의미이다. 우리가 이런 공자의 충고를 받아들여 마음에 새

긴다면 그래서 자신의 잘못에 대해 오히려 엄격하고 다른 사람의 잘못에 대해서는 너그러운 마음으로 이해하고 포용하는 마음을 가진다면 땅에 떨어진 정의가 바로 서게 될 것이고, 잘못된 교육계의 인사 전횡도 바로 잡아질 수 있을 것이다.

우리는 남의 잘못을 지적하기에 앞서 먼저 나 자신의 잘못은 없는지 되돌아보아야 한다. 즉 자기 반성이 선행되어야 한다. 갑자기 오래된 영화 친절한 금자씨의 유명한 대사인 "너나 잘하세요." 라는 말이 생각나는 이유는 무엇일까. 나도 내로남불로 사회를 혼란에 빠트린 사람들에게 금자씨처럼 "너나 잘하세요" 라고 말하고 싶다.

씨가 발아하기 전까지 많은 시간과 노력이 필요하다.
뭐든지 노력 없이 되는 것은 없다고 생각한다.
학생들에게 더 많은 관심을 주어야지.

과정 중심 평가와 교사의 역할

제가 지금부터 논의하고자 하는 것의 목적은 과정 중심 평가와 학생 활동 중심 수업을 폄훼하고자 하거나 거부하려고 하는 것이 아니다.

오히려 과정 중심 평가와 학생 활동 중심 수업을 제대로 수행하기 위한 일련의 과정 중 하나로 봐 주었으면 한다. 니체는 종교성을 회복하기 위해 스스로를 안티크리스트라 하였고, 「짜라투스트라는 이렇게 말했다.」 라는 책에서는 신을 죽였다. 평가와 수업에 대한 반성적 고찰은 이러한 면에서 반드시 필요한 일이라고 생각한다. 학교의 주변 환경이 변하고 있고, 말 그대로 4차 산업혁명 시대가 도래하고 있다. 이러한 변화는 학교에도 반강제적으로 변화를 요구하고 있고, 그 변화의 중심에 수업과 평가가 있다. 그렇다면 우리는 이러한 변화의 요구에 어떻게 대처해야 하는가? 대체로 여러 문헌을 보면 과정 중심 평가와 학생 활동 중심 수업을 절대적 선으로 규정하고 있고, 마치 홍수처럼 우리를 집어삼키고 있다. 사정이 이렇다보니 우리는 과정 중심 평가와 학생 활동 중심 수업에 대해 왜 과정 중심 평가와 학생 활동 중심 수업을 해야 하는지에 대해 고민하거나 반성적 성찰 없이 수용하고 있다.

1.과정 중심 평가란?

가. 21세기 인재상

21세기 지식정보사회에서는 다양한 정보와 지식을 창의적으로 융합하여 미래를 이끌어갈 창의적이고 인성이 바른 글로벌 인재를 요구하고 있다. 이러한 급속한 사회변화와 변동 그리고 지식의 양적 팽창으로 인해 교사는 지식을 전달하고 학생은 수용하는 교사 중심 수업은 한계에 부딪칠 수밖에 없다. 매일 매일 새로운 지식이 생성되고 만들어지는 이러한 사회에서는 지식을 암기하고 기억하는 것보다 학습자가 본인에게 필요한 지식을 선별하고 새롭게 재구성할 수 있는 것이 더 중요한 능력이다. 이러한 능력은 비판적 사고력, 탐구력, 창의력, 합리적 의사결정 능력 등 고차적 사고력과 깊은 관련이 있다.

〈반론〉

첫째, 언제는 매일 매일 새로운 지식이 생성되지 않았는지 되묻고 싶다.
둘째, 지식을 암기하고 기억하지 않고, 선별하고 새롭게 재구성할 수 있는 능력이 비판적 사고력, 탐구력, 창의력, 합리적 의사 결정력과 깊은 관계가 있다고 하였는데 어떤 근거로 그런 언급을 하는지 이해하기 어렵다. 오히려 암기하고 기억할 때 위에서 언급된 능력이 형성될 것 같다.

나. 학생 참여 중심 수업

학습자가 스스로 문제를 해결하고 사고하고 체험하는 과정을 통해 관심 있는 영역의 문제를 제기하고 주도하면서 해결까지 이르도록 하는 것이다.

"학습 내용을 알고 있다." 라는 것이 학습이 이루어졌다의 의미로 귀결되지는 않는다. 알고 있는 지식과 실생활이 연결될 때 학습은 보다 가까워진다. 이때 연결고리가 되어줄 수 있는 것이 활동이다.

〈반론〉

설득력 있는 주장인 면에서는 이견이 없을 것이다. 다만 "수업시간에 학생이 참여하고 활동으로 이어질 수 있는 수업이 가능한가?" 라는 질문을 했을 때 그렇다고 말하기 쉽지 않은 것이 현실이다. 이러한 학생 참여 중심, 활동 중심 수업이 효과가 있으려면 아니 실제로 활동 중심 수업이 제대로 이루어지려면 환경의 변화가 먼저 이루어져야 가능한 일이라고 생각된다.

학습자 활동 중심 수업은 실생활과 연계한 수업을 강화하여 학습에 대한 내재적 동기와 스스로의 삶을 개척할 수 있는 자율적 역량이 신장되도록 하여야 한다. 이러한 활동 중심 수업은 기본적으로 학습자 중심이 되고, 학습자의 참여 없이는 이루어질 수 없는 수업이다. 기존의 교사 중심의 설명식 수업에서 학습자는 지식을 받아들이고 이러한 지식을 잘 기억하는 수렴적 사고력이 강조되었다면 학생 활동 중심 수업은 무엇인가를 생성해내고 창출하고, 이를 위해 계속적으로 사고하게 하는 수업이다.

〈반론〉

교사 중심 수업의 경우 학습자가 지식을 받아들이고 이를 기억하는 수렴적 사고력이 요구된다고 하였는데, 이것은 학습자에 대한 잘못된 이해에서 비롯된 것이다. 우리 인간은 그런 존재가 아니다. 우리는 교사의 설명을 통해 받아들인 지식을 단순히 기억만 하는 즉, 수렴적 사고력만 발휘하는 존재가 아니다. 우리는 교사의 설명을 통해 받아들인 지식을 자신의 방식대로 재편집하여 기억한다. 재편집하는 과정이 무엇인가? 그것이야말로 진정한 창의적 사고이고 발산적 사고이다. 또 교사 중심 수업은 학생의 참여가 이루어지지 않는 수업 방식이라는 주장을 하는데, 참여가 이루어지지 않는 것이 아니라 참여의 방법이 다른 것이다. 학생 활동 중심 수업은 사고와 활동의 측면에서 참여가 이루어진다면 교사 중심 수업은 사고의 측면에서만 참여가 이루어지고 있는 것이자 참여가 없는 것은 아니다. 설령 학습자가 교사의 설명을 단순히 기억만 한다고 해도 이는 참여를 통하지 않으면 불가능한 일이다.

2. 반성적 고찰

첫째, 근거를 제시하지 않고 강의식, 주입식 수업과 평가에 대한 부정적 측면만을 강조하고 있고, 과정 중심 평가에 대해서는 긍정적 측면만 열거하고 있음. 이는 객관적 접근이라고 보기 어렵다.

둘째, 언어의 유희에 빠질 수 있다.

셋째, 자유라는 가치에 대한 무한 긍정—자유는 무조건 좋은 것인가를 생각해 봐야한다. 만약 자유가 무조건적으로 좋은 것이면 아름다운 구속이란 말과 프롬의 자유로부터의 도피가 강조되는 것은 왜 일까?

넷째, 상에 대한 긍정적 가치 부여와 벌에 대한 부정적 인식도 근거에 의한 것이 아닌 그럴 것이라는 추측에 의거 주장하는 경우가 대부분임

다섯째, 모든 한정은 부정이란 말이 있다. 이런 주장에 의하면 애인이 없는 사람은 모든 사람이 자신의 애인이 될 수 있기에 애인이 없는 사람을 부러워해야 한다. 하지만 실제로는 어떠한가? 실제로는 우리는 애인이 있는 사람을 부러워한다.

과정 중심 평가의 이상적 주장에 대해 서도 같은 논리적 적용이 가능하다고 본다. 이상적 주장은 주장으로서의 의미는 있지만 실제로 그런 주장을 적용했을 때도 이상적일 수 있는지를 생각해 보아야 한다. 또 실제로 그런 주장대로 실현 가능한 일인가를 생각해보면 그렇다라고 말하기 쉽지 않을 것으로 보인다.

여섯째, 학습자 활동 중심 수업이 효과를 발휘하려면, 먼저 교사는 성공적인 상호작용을 이끌어주고 학습의 방향성을 제시하며 활동 과정에 있어서 어려움에 봉착했을 때, 도와주는 조력자 및 멘토, 촉진자로서 역할을 수행하여 학생이 주도적으로 참여할 수 있도록 지원을 해야 한다.

둘째로 학생은 스스로 학습을 만들어 가고 채워가는 수업 활동의 주체가 되어 맡은 바 역할을 책임지고 수행해야 한다.

셋째는 학생 활동이 가능한 학습 자료 및 매체, 교육 기자재, 물리적 공간 등이 구비되어야 한다. 물리적 조건이 구비되지 않은 상태에서 활동 중심 수업을 시도한다면 실패할 확률이 매우 높다.

이처럼 학생 활동 중심 수업은 교사, 학생이 자신들에게 주어진 역할을 충실히 수행할 때 그리고 물리적 조건 등이 제대로 갖추어져 있을 때 가능한 것이다. 이 중 하나라도 제대로 갖추어져 있지 못하면 반드시 실패할 수밖에 없는 수업이라는 점을 잊지 말아야 한다. 만약 교사가 자신의 역할을 다하지 않고, 모든 책임을 학생들에게 떠넘기거나, 학생이 스스로 지식을 구성하고 적극적인 태도로 수업에 임하지 않거나, 물리적 조건이 맞지 않는 상황에서 학생 활동 중심 수업을 진행한다면 이는 교사 중심의 지식 전달 수업보다도 효율성이 떨어질 수 있다는 것도 명심해야 할 것이다.

3. 대안은 무엇인가? "교사의 역할"

아무리 과정 중심 평가와 학생 참여 중심 수업이 의미 있고 가치 있는 평가이고 수업이라 하더라도 우리의 교육적 현실을 반영하지 못한다면 그것은 무의미한 일이거나 오히려 역효과가 날 가능성이 있다.

어떤 것이 의미를 지니고 효과를 발휘할 수 있으려면 무엇보다도 먼저 현실을 제대로 반영하고 있는지를 검토해 봐야 한다.

과정 중심 평가와 학생 참여 중심, 활동 중심 수업의 철학적 토대는 진보주의이고 상황인지론자들의 주장인데 이러한 이론에 토대를 두고 있는 과정 중심 평가와 학생 참여 중심 수업이 상황을 무시하거나 반영하지 않고 그 이론적 가치만 강조한다면 그것은 이율배반적 주장이라 아니할 수 없다.

따라서 우리의 교육적 현실을 반영한 과정 중심 평가와 학생 참여 중심 수업은 어떻게 이루어져야 할 것인지 그 대안을 생각해 볼 필요가 있다.

*

가끔 우스운 상상을 하곤 한다.
문제를 해결 할 수 있는 약이 개발되면 좋겠다는 상상.
모든 학생들이 마음이 아프지 않고, 행복 할 수 있도록.

교권과 학생 인권

요즈음 교육계와 학교 현장에서는 교권이 땅에 떨어졌다고 한다.

그리고 그 원인으로 학생 인권을 거론한다. 진정 교권의 추락이 학생 인권과 관련 있는 것인가? 교권은 쉽게 얘기하면 가르칠 권리라고 할 수 있다. 사전에는 '교사로서 지니는 권위나 권력' 이라고 되어있다. 또 교원의 교육권이라는 제한적인 의미로는 '가르치는 일에 있어서의 권리, 신분상의 권리, 재산상의 권리 그리고 교직단체 활동권' 등으로 설명되기도 한다.

반면 학생 인권은 학생이 인간으로서 인간답게 존재하기 위해 가지는 권리나 자격을 의미한다. 학생 인권 조례에서는 시도 교육청 별로 차이가 있으나 일반적으로 차별받지 않을 권리, 표현의 자유, 교육복지에 관한 권리, 양심과 종교의 자유 등의 내용을 담고 있다.

사전적인 의미로 볼 때 교권과 학생 인권이 어디에서 충돌하는지 찾아보기 어렵다. 다만 가르치는 일에 있어서의 권리의 경우 학생을 가르치는 과정에서 가르침의 대상인 학생과 충돌이 발생할 가능성은 있다. 그런데 이러한 일도 조금만 자세히 들여다보면 학생 인권과 충돌하는 것이 아니라는 것을 알게 된다. 교사가 가르침을 행사하는 과정에서 학생들을 차별하지 않는다면, 표현을 억압하지 않는다면, 양심과 종교의 자율를 침해하지 않는다면 그리고 교육복지에 반하는 행동을 하지 않는다면 교권과 학생 인권이 충돌할 일은 없는 것이다.

그렇다면 교권과 학생 인권 침해는 언제 어디서 누구로부터 어떻게 발생하는 것인가? 그리고 우리는 왜 교권 추락과 학생 인권 침해를 관련지어 언급하고 있는 것인가? 그것은 두 가지 측면에서 설명 가능한데, 언제, 어디서라는 면에서는 수업활동과 생활지도 과정에서 발생하고, 누구로부터 어떻게 발생하는가라는 면에서는 소수의 교사와 소수의 학생들의 일탈과정에서 발생하는 것이라고 할 수 있다. 예를 들어보자. 학교 현장에서 발생하는 교사와 학생 간의 충돌을 보면 수업 시간에 교사가 수업을 진행하는 과정에서 발생하게 되는데 대부분은 수업을 방해하거나 수업에 무관심한 태도, 즉 다른 행동을 하는 학생들을 지도하는 과정에서 발생한다. 그리고 이런 학생들은 학급에서 소수에 해당한다. 소수 몇 명 때문에 오히려 많은 학생들의 인권과 학습권이 침해 받고 있는 것이다. 그리고 수업을 방해하거나 수업 시간에 다른 행동을 하는 학생들의 경우 교사가 이들에게 수업을 들어야 한다고 말을 하는데 이것은 학생 인권을 침해하는 것이 아니라 오히려 학생 인권을 지켜주려는 행위인데, 스스로 학생 인권으로부터 멀어지려는 몇몇 학생들이 교사의 인권 보호 행위를 인권 침해 행위로 오해하여 이를 수용하지 못하면서 교권 침해가 발생하게 되는 것이다. 그리고 그 과정에서 대다수의 학생들의 인권과 학습권도 같이 침해되는 것이다.

이러한 상황에서 우리가 고민해야 하는 부분은 바로 소수의 교사와 소수의 학생의 일탈행위를 어떻게 방지할 수 있는가 하는 것이다. 교사는 인사상 불이익을 주거나 법적으로 처벌을 받을 수 있도록 하면 나름의 해결책을 찾을 수 있다. 반면 학생의 경우는 그 해결책을 찾기가 쉽지 않다. 우리 사회는 정이 지배하는 사회이다보니 학생 처벌과 관련하여 고려할 사항이 너무 많고 학생 처벌에 대해서는 부정적으로 반응하는 사람들도 많이 있다. 이런 이유로 학생에게 불이익을 주거나 처벌하는 것은 쉽지 않은 것이 현실이고, 결국 교권침해를 방지할 수단을 찾기 어려운 것이다. 우리 사회는 자유와 책임의 관계에서 자유에 방점이 있다. 그런데 자유는 책임이 전제될 때만 가능한 것으로 책임에 방점을 두어야 한다. 이러한 면에서 만약 교권침해나 학생 인권 침해가 발생했을 때, 우리는 Zero Tolerance(무관용)의 원칙에 따라 엄격한 처벌을 해야 한다. 그리고 엄격한 처벌은 예방을 통해 학생의 인권과 학습권을 지키려는 행위라는 것을 잊으면 안 된다.

▲봉명중학교 학생들과 교정에서

교사는 에픽테토스가 아니다

요즈음 생활지도를 하다 보면 정말 난처한 상황에 처하곤 한다. 흡연을 하는 학생들을 목격하고 "교무실로 와"라고 말을 하면 "제가 왜 가야하는 데요? 벌점 주세요."라고 말을 한다. 이런 학생들에게 교사는 어떤 방법으로 생활지도를 해야 하는가? 고민에 빠지지 않을 수 없다. 이런 말을 하면 교사가 그것도 지도를 못하느냐고 교사의 능력 문제라고 반문하는 사람들도 있을 것이다. 그런데 지도를 하는 과정에서 학생들의 불손한 태도를 접하게 되면 참지 못하고 욕을 하거나 극단적인 경우에는 체벌을 하는 선생님이 있는데, 그럴 경우 아동학대 방지법에 의거 법적 처벌을 면할 수 없게 된다.

어느 날의 일이었다. 학생이 교실에서 실외화를 신고 있어 교사가 신발을 벗으라고 지도를 하였다. 그런데도 학생이 신발을 계속 신고 있는 것을 보고 선생님이 한마디 했다. "야 인마 너 왜 신발을 안 벗어"라고. 그러니 학생은 자신이 잘못을 한건 생각지도 않고 선생님이 욕을 했다는 것만 문제시하며 왜 욕을 하냐며 물고 늘어진다. 이와 유사한 상황은 학교에서 흔히 일어나고 있다.

이런 경우 혹자는 "교사가 학생에게 왜 야 인마라고 욕을 해! 교사가 잘못 했네"라고 말을 할 것이다. 그런데 교사도 인간이고 감정을 가진 동물이다. 교사는 감정이 없는 로봇이 아니다. 요즈음은 교사에게 스토아 철학자인 에픽테토스가 되길 요구하고 있다. 이런 일화가 전해지고 있다. 에픽테토스가 노예였을 때 하루는 주인이 그에게 매우 화가나 그의 팔을 계속해서 비틀었다. 그러자 에픽테토스는 평온하게 "주인님 그렇게 계속 팔을 비틀면 팔이 부러질지도 모릅니다." 라고 말을 하였다. 이 말에 주인은 더 화가나 팔을 더 세게 비틀었고 결국 팔이 부러지고 말았다. 그러자 에픽테토스는 그 순간에도 평온하게 "제가 그렇게 될 것이라고 말씀드리지 않았습니까." 라고 말을 하였다.

우리 사회는 정이 지배하는 사회이다. 그래서 학생이 문제 행동을 했을 때도 교사는 정으로 학생들의 문제 행동을 바로 잡으려 한다. 분명 학교에는 상벌점제가 있고 징계 규정도 있다.

따라서 학생이 문제 행동을 하면 벌점 규정이나 징계규정에 의거 벌점을 주거나 징계를 하면 된다. 그런데 대부분의 교사는 그렇게 하는 것을 꺼린다. 교사들은 문제 행동을 할 때마다 벌점을 주거나 징계를 하는 것은 너무 사무적이고 냉정한 행동으로 인간미가 없다고 생각을 하거나 또는 벌점이 누적되어 학생이 중징계를 받는 것에 대한 부담감을 갖고 있어 가능한 벌점을 주려하지 않는다. 뿐만 아니라 학생부에 학생의 징계를 의뢰 하는 것에도 많은 부담을 느낀다. 그래서 대부분의 교사는 학생이 잘못을 인정하고 뉘우칠 것을 기대하고 학생들에게 훈계를 시도하게 되는데, 이 과정에서 학생이 잘못을 인정하지 않거나 불손한 태도를 보이거나 말을 버릇없이 하게 되면 감정적이 되고 그러한 감정을 학생들에게 표출하게 되는 것이다.

교사는 성인군자가 아니다. 아니 성인이라고 할 수 있는 공자도 제자가 잘못을 하면 그를 힐책하였다. 교사는 평범한 인간일 뿐이다. 우리는 교사에게 많은 것을 기대해서는 안 된다. 교사에게 에픽테토스가 되기를 기대하는 것은 무리이다.

그렇다면 우리는 어찌해야 하는가?

중요한 것은 우리의 시각의 변화이다. 교사의 힐책은 학생에 대한 단순한 비난이 아니다. 그것은 교육의 한 방법이다. 그것을 교육으로 보지 않는데 문제가 있는 것이다. 물론 잘못된 방법으로 학생을 지도하는 교사가 없는 것은 아니다. 그러나 분명한 것은 대부분의 교사는 학생을 훈육하는 순간 학생들이 잘못되기를 바라는 교사는 없다는 것이다.

교육 정의(正義)주의를 말하다

정치판을 보면 보수와 진보로 나뉘어 서로 자신들만 옳고 상대방은 틀리다고 비방하며 싸움을 한다. 그런데 이런 현상이 언제부터인지 교육계에도 나타나고 있다. 정치의 경우는 보수와 진보가 서로 정쟁을 하는 것이 부정적이기보다 오히려 정치발전을 위해 필요한 과정일 수 있다. 자유를 강조하는 보수와 평등을 강조하는 진보가 서로 논쟁을 하며 효율성과 복지가 조화를 이루는 것이고, 이러한 정쟁을 통해 정치는 끊이없이 변증법적 발전을 한다고 할 수 있다.

문제는 이런 정쟁이 교육계에서도 나타나고 있다는 점이다. 누구는 보수, 누구는 진보라고 하며 서로를 적대시하고 인사와 교육정책 수립에 있어서 어떤 사람이나 정책을 배제하거나 백안시하고 있다. 교육은 정치판과 다르다. 교육은 소중한 우리 아이들 한 사람 한 사람의 미래를 책임지고 그들의 인생을 결정하는 아주 엄중한 활동이다. 교육은 학생들의 정신적, 육체적 성장을 위한 활동으로 어떤 이념으로도 채색되어서는 안된다. 특히 초·중등교육은 미성년을 대상으로 하는 만큼 그 중요성은 더욱 크다.

교육에서 보수나 진보라는 이념은 사실상 교육을 이념 편향적으로 만들 가능성이 있다. 학생들을 교육하는데, 보수면 어떻고 진보면 어떠한가. 중국의 정치가 덩샤오핑은 중국의 경제 침체를 예상하고 경제를 부흥하기 위해서는 사회주의나 자본주의에 얽매일 필요가 없다고 생각하고 흑묘백묘론을 주장하여 지금의 중국을 있게 하였다. 대부분의 사회주의 국가가 몰락하고 경제 침체를 벗어나지 못하고 있는 상황에서 덩샤오핑의 흑묘백묘론은 지극히 타당하고 미래를 내다보는 정책이었다.

교육은 학생만 바라봐야 한다. 교육은 학생들의 역량 강화를 주목적으로 해야 한다. 학생들의 역량을 길러줄 수 있다면 진보든 보수든 뭐가 중요한가? 우리는 교육의 흑묘백묘론에 의거 학생들의 역량을 길러주는 데만 관심을 기울일 필요가 있다.

이제 교육계에 새로운 바람이 불어야 한다. 다시 말해 새로운 패러다임으로의 전환이 요구된다. 기존의 보수, 진보라는 낡은 틀에서 벗어나 교육 정의주의를 추구해야 한다. 이렇게 할 때 교육이 진일보 할 수 있다. 교육에서는 보수나 진보를 논하기에 앞서 우선해야 하는 것은 교육의 정의 실현이어야 한다. 그렇다면 교육에서 정의의 실현이란 구체적으로 무엇을 말하는 것인가? 사회에서 정의가 실현되지 못하면 그런 사회는 차별로 구성원들 간에 갈등이 발생하고 사회는 분열하고 발전을 기대하기 어렵게 된다. 교육도 마찬가지이다. 교육도 가치이고 재화라는 면에서 보면 교육의 공정한 분배, 즉 정의의 실현이란 모든 학생들에게 교육의 기회가 공정하게 제공되고, 공정한 경쟁 속에서 자유롭게 자신의 적성과 능력을 발휘할 수 있으며 배움을 이루어 나갈 수 있다는 점에서 매우 중요하다.

미국의 사회철학자 롤스(Rawls)는 정의의 원칙을 평등한 자유의 원칙과 최소 수혜자에게 최대의 혜택이 돌아가는 차등의 원칙 그리고 기회 균등의 원칙을 제시하였다. 이러한 롤스의 정의의 원칙에 의해 교육의 정의의 실현을 생각해 보면 교육이 어떤 방향으로 나아가야 하는지를 우리는 알 수 있을 것이다.

우리는 교육정책을 수립할 때, 학부모의 교육활동 참여, 교사의 교수활동 보장 그리고 학생의 배움 활동 등에서 누구나 평등한 자유를 누려야 하고, 교육활동에서 모두에게 동등한 참여의 기회가 균등하게 보장되어야 하며, 교육적 약자인 최소 수혜자가 교육 활동 전반에서 소외되지 않도록 세심한 배려가 이루어져야 한다. 이렇게 할 때 교육 정의는 실현될 수 있는 것이다. 이제 교육은 낡은 보수나 진보 이념에서 벗어나 새로운 패러다임인 교육 정의주의 입장에서 교육의 올바름을 추구할 때 교육이 바로 서고 학생들은 자신의 잠재적 역량을 활짝 꽃피울 수 있을 것이다.

▲청주중학교 수학여행

*

학부모와 교사는 학생의 성장을 위해
서로 존중하고 배려해야하는 하나의 팀원이다.

교육적 동반자로서의 교사와 학부모

교육의 주체에는 학생, 학부모, 교사가 있다.

학생은 교육 수요자이고 학부모와 교사는 교육 공급자이다. 교육의 성공은 이러한 교육의 세 주체가 긴밀히 상호작용할 때 가능하다. 그런데 가끔 교육 주체들 간 충돌이 일어나기도 한다. 학생과 교사가 충돌을 하는가 하면 학부모와 교사가 갈등하고 대립하는 경우도 있다. 가화만사성(家和萬事成)이라는 말이 있듯이 교육도 서로 화합하고 협력할 때 모든 일이 순조롭고 교육의 목적인 학생의 성장, 발달을 도모할 수 있는 것이다. 아마도 이러한 사실을 모르는 사람은 아무도 없을 것이다. 그런데도 교육의 주체가 서로 화합하고 협력을 하지 못하는 이유는 무엇일까? 그것은 서로에 대한 이해와 신뢰 부족 때문이라고 생각된다.

일반적으로 교사와 학부모와의 관계를 보면 조화와 협력, 선의가 대부분이지만 가끔은 불신과 갈등을 일으키기도 한다. 그렇다면 왜 학부모와 교사는 서로를 불신하며 갈등을 일으키는 것일까? 그것은 먼저 학부모와 교사가 아이와 맺고 있는 관계가 다르기 때문이라고 할 수 있다. 학부모와 자녀의 관계는 특수적인데, 교사와 학생의 관계는 보편적이라고 할 수 있다. 학부모는 교육 공급자이면서 학생의 보호자이다보니 자신의 아이에게만 관심을 갖는 반면 교사는 학생 전제가 관심의 대상이다.

이처럼 서로 관계 맺음의 차이로 서 있는 입장이 다르고 시각이 달라 그 과정에서 갈등이 발생하는 것이다.

다음은 소통 부족 때문이라고도 할 수 있다. 전통적으로 교사와 학부모의 관계를 보면 과거의 학부모는 학생의 교육과 관련하여 모든 것을 학교와 교사에 맡겨두고 무한 신뢰를 보여주었다. 이것은 긍정적인 면도 있지만 부정적인 면도 있다. 교사에게 신뢰를 보여주고 교육에 대해 교사의 입장을 전적으로 수용해 줌으로써 교사가 소신껏 교육활동에 임할 수 있었다는 점에서는 긍정적이지만, 교사에 대한 무한 신뢰는 사실 다른 측면에서 말하면 방임이라고 할 수도 있기 때문이다. 심지어 아이가 학교에서 체벌을 당했어도 전후 사정을 들어보지 않고 "학교에서 얼마나 잘못을 했으면 선생님이 너에게 체벌을 했겠냐." 고 하면서 아이를 책망하였다. 아이는 결국 체벌을 당해도 이를 숨길 수밖에 없었던 것이다.

이처럼 과거에는 부모와 교사는 동등한 교육 공급자로서 의사소통하기보다는 교사의 일방적 교육관과 교수활동으로 교육이 이루어졌다고 할 수 있다. 그리고 이러한 의식은 아직도 완전히 사라지지 않고 남아 있다. 그리고 학부모와 교사의 의사 소통을 방해하는 또 하나의 요소가 있다. 그것은 학부모와 교사가 가끔 만나 대화를 하게 되는 상황이 발생하는데, 그것마저도 학생의 문제 행동이나 징계와 관련하여 상의를 해야 하는 경우가 대부분이다. 사정이 이렇다보니 학부모는 학생의 보호자로서 학생의 부정적인 면보다는 어떻게든 좋은 점만 이야기하려 하고 방어적인 태도를 보이게 된다. 이런 상황에서 학생의 성장과 발달을 위한 의미 있는 의사소통을 기대하기는 어려울 수밖에 없다.

학부모와 교사는 교육 공급자이고 동반자이다. 따라서 서로 의사소통을 통해 생각을 공유하고 협력해야 한다. 이는 누구를 위해서가 아니라 학생을 위해서라는 점을 잊으면 안된다. 학생의 성장이 곧 학부모와 교사의 존재 이유인 것이다. 그리고 진정한 의사소통을 위해선 직접적 대면을 통한 의사소통이 바람직하긴 하지만 대안으로 SNS를 통한 소통이라도 항시적이면서도 자주 기회를 가져야만 한다. 그 과정에서 교사는 학생을 제일 잘 아는 사람이 학부모인 만큼 학부모의 의견을 경청하고 존중해야 한다. 반면 학부모는 교사를 신뢰하고 교사의 의견을 존중하고 배려할 수 있는 마음의 여유를 가져야 한다.

이렇게 교육 공급자인 학부모와 교사가 서로를 존중할 때 바른 교육이 이루어지고 학생은 성장하는 것이다.

▲2012 율량중학교 학부모들과 함께한 부모 참여 수업

Part 3
꿈꾸자!
변화와 어울림을

김진균의 33년 현장 교육 철학!
김진균의
교육바라기

기다리던 대회

모교인 청주중학교에 부임을 하였다.

모교에 와서 교장을 한다는 것은 개인적으로 영광스러운 일이었고, 그래서인지 친구나 지인들의 축하도 많이 받았다. 하지만 모교라는 부담감도 적지 않았다. 물론 어디에서건 열심히 최선을 다하는 것은 당연한 일이지만 후배들에게 선배로서 모범이 되어야 한다는 것은 부담이 될 수밖에 없었다. 본교에는 여러 종목의 운동부가 있다. 체육 영재들은 미래의 꿈을 위해서 방과 후나 주말을 이용해 쉬지 않고 열심히 운동을 한다. 그런 면에서 방학은 집중적으로 운동을 할 수 있는 좋은 기회가 된다.

추운 겨울 방학에는 동계훈련을 실시하는데, 다음 해 일년을 다치지 않고 시합에서 좋은 결과를 얻기 위해서는 동계훈련이 매우 중요하다. 작년에 참가한 대회에서 만족한 결과가 없었기 때문인지 올 동계훈련에는 아이들이 유독 더 열심히 훈련에 참여하는 모습을 볼 수 있었다. 그런 광경을 묵묵히 지켜보며 교장으로서 보다는 학교 선배로서 승부욕에 대한 자극을 주려고 수시로 학생들을 만나 격려하였다. 그런데 동계훈련 막바지에 코로나19가 확산이 되면서 모든 것이 멈춰 버렸다. 조금 있으면 나아지겠지 하고 기다렸으나 상황은 오히려 더 나빠지고 있었다. 기다림이 길어지자 아이들의 표정과 행동에서 실망감이 나타나기 시작했고, 대회를 기약할 수 없는 훈련은 지도자나 아이들을 무기력에 빠지게 했다. 대회에 출전해 좋은 결과를 얻는 것도 중요하지만 운동을 열심히 해서 운동 능력을 갖추는 것이 더 중요하다고 아이들을 설득해 보았지만 아이들에게 힘이 되어주진 못하였다. 대회에 참가할 수 없다는 것이 아이들을 무기력에서 헤어나오지 못하게 만든 것이다. 열심히 운동을 하고 대회에 참가한다는 것 그리고 대회에서 좋은 결과를 얻을 수 있다는 것이 아이들에게는 더 중요한 것 같았다. 대회에 참여해 어떤 결과 얻는 것이 학생들에게는 동기부여가 되고 자신의 부족한 점과 장점을 객관적으로 파악할 수 있는 기회가 되기 때문이다. 이처럼 자신에 대한 객관적 평가의 기회인 대회는 운동부 학생들에겐 무엇보다 중요한 것이고, 더 나은 선수로 성장을 할 수 있는 좋은 디딤돌이 된다.

학교에서 아이들은 다양한 평가를 받는다. 평가의 방법에는 크게 수행평가와 지필평가가 있다. 초등학교 1학년부터 중1까지는 수행평가인 과정중심평가를 하고 그 결과를 학교생활기록부 교과학습란에 서술식으로 기재하고 따로 지필평가, 즉 우리가 흔히 알고 있는 중간 기말고사를 실시하지 않는다. 중2부터는 수행평가와 지필평가를 병행한다.

시험은 어른이나 아이 모두를 긴장시킨다. 적당한 긴장은 건강에도 좋다고 학자들은 말한다. 그렇다면 우리는 왜 초등학교 1학년부터 중1까지는 과정중심의 수행평가만을 실시하는 것일까? 이러한 평가가 지닌 장점은 무엇일까? 아마도 그것은 과거의 줄세우기식 평가가 아이들을 경쟁으로 내몰고 있고, 이러한 경쟁 의식은 학생들의 성장에 바람직하지 않다고 판단되기 때문일 것이다. 과거 우리의 평가는 분명 1점에 석차가 바뀌는 치열한 경쟁을 부추기는 결과 중심의 평기였다고 할 수 있다. 이렇게 이야기하면 경쟁을 부추기는 결과중심의 지필평가는 잘못된 평가이고, 과정중심의 수행평가는 바람직한 평가라고 생각할 수 있다. 무엇이 옳고 그른지에 대한 것은 판단중지하고, 우리는 왜 평가를 하는가?하는 근본적인 질문을 던져보자. 평가는 어떤 행위에 대한 반성의 의미가 있다고 생각한다.

학생들의 성장을 위해 반성은 필요하다. 어떤 평가 방식이든 학생과 학부모가 어떤 행위를 하고 그 행위를 반성하는데 도움이 되는 것이면 그 방법이 무엇이든 중요하지 않다고 생각한다. 경제 성장을 위해 흑묘백묘론을 주장했던 덩샤오핑이 생각나는 것은 왜 일까? 며칠 전 기다리던 시합공문이 왔다. 올해는 처음이자 마지막 시합일 것 같다. 우리학교 체육영재들이여 여러분이 기다리던 시합이다. 지금까지 노력한 기량을 마음껏 펼치고 좋은 결과로 평가받길 기대한다. 설령 결과가 좋지 않더라도 기죽지 말자. 오늘의 평가를 토대로 부족한 점을 보완한다면 내년에는 분명 좋은 결과를 얻게 될 것이다.

▲청주고 롤러스케이트부 전국체전 단체 메달 우승기념

*

엄마, 기다려줘서 고마워요.

기다림의 미학

며칠 전 친구들과 저녁을 먹으며 옛날 이야기를 하게 되었다.

26~7년전 교사 생활을 시작한 지 얼마 안 된 초임시절이었다. 90년대 초반으로 당시 정부에서는 정책적으로 공업계열을 키우려고 군 단위의 인문고나 농업고를 농공고나 종합고로 개편을 하고 있었다. 그 과정에서 그 학교도 인문고였지만 전자과가 생겼고, 전자과 학생을 가르칠 수 있는 기회도 주어지게 되었다. 당시에 전자과 학생들은 3학년 2학기에 현장실습을 필수로 이수하게 되어 있었는데, 두 학생이 실습을 마치지도 않고 중도에 학교로 돌아오는 사건이 발생하였다.

담당 선생님은 이 고민을 우연찮게 이야기하게 되었다. 두 학생이 평범하지는 않다고 하면서 실습 나간 곳에서 여러 가지 문제가 있어 되돌아왔는데, 이 학생들을 받아주는 곳이 없다는 것이다. 이 말을 듣는 순간 문득 한 친구가 생각났고, 그 친구 같으면 두 아이를 받아 줄 것 같았다. 친구에게 여러 가지 정황을 설명하고 실습기간 만 마칠 수 있게 잘 부탁한다고 하였다. 선생님 체면 봐서라도 실습을 잘 마쳐야 한다고 아이들에게도 단단히 부탁도 하였다. 담당선생님 또한 신신당부를 하였기에 약속을 지켜 주리라 생각하였다. 하지만 한 달 정도 지난 후 친구에게 전화가 왔고, 미안하지만 도저히 안 되겠다는 것이다.

나는 며칠만 참아달라고 부탁을 하고 퇴근 후 공장을 찾아갔다. 아이들을 만나기 전 친구를 만나 상황을 전해 들었다. 요즘 아이들 중에도 늦게까지 인터넷 등을 하다가 다음날 학교에서 무기력하게 잠만 자거나 생활습관이 불규칙하여 학교에 지각과 결석을 자주하는 아이들이 있는데, 그

두 학생들도 자취방에서 생활하다 보니 회사를 출근하지 않거나 지각을 밥먹듯 한다는 것이다. 나는 친구의 고민이 이해가 안 되는 것은 아니었지만, 친구에게 여기서 아이들을 학교로 돌려보내면 이 아이들이 나중에 사회에 적응이 더 어려울 수 있으니 다시 한 번 고민해 보자고 부탁을 하였다. 친구는 고맙게 다른 방도를 찾아보겠다고 하였고, 회사 근처에 자취방을 얻어주고 매일 아침 출근하면서 아이들을 깨워 데리고 출근하였다. 그 친구는 방황했던 학창 시절을 생각하면서 아이들에 대한 생각을 바꿨다고 나중에 얘기를 해 주었다.

현재 그 친구는 상장사는 아니지만 그에 버금가는 중소기업의 CEO가 되었고, 그때 실습나간 아이 중 한 명은 현재 이 회사에서 가장 핵심적인 역할을 담당하고 있다. 친구와 실습나간 학생들과의 관계가 원만했던 것만은 아니었지만 친구는 학생들의 품성과 가능성을 믿고 기다려 주었고, 그 믿음에 보답이라도 하듯 성실히 근무를 하여, 지금은 회사에서 없어서는 안될 인물로 성장을 한 것이다.

우리는 기다림에 약하다. 자녀에게는 더욱 그런 것 같다. 요즘 코로나19로 아이들과 집에 있는 시간이 많아졌다. 아이들의 행동이 눈에 보이니 맘에 안 드는 것이 더 많고 짜증이 난다. 결국 아이와 갈등이 일어나고 그 갈등은 증폭되어 폭발하게 된다. 연연해한다고 달라질 것은 없다. 그런데 이런 사실을 우리는 시간이 지나서야 깨닫게 된다. 모든 것이 억지로 되는 것은 없다. 무리하게 하는 만큼 부작용도 그 만큼 클 수밖에 없다. 부모나 교사의 역할은 환경을 조성해주고 기다려 주는 것이다. 그렇게 하면 자연스럽게 아이들은 자신들의 잠재력을 꽃피울 것이다. 물론 일찍 피는 꽃도 있고 늦게 피는 꽃도 있다. 아이들을 믿고 기다려 보자.

어느 책에서 본 글이 생각난다.

사과를 양 손에 쥐고 있는 어린 아이가 있었다.

엄마가 "네가 사과를 두 개 가지고 있으니 하나는 엄마를 줄래?" 하고 물었다.

그러자 아이는 고개를 갸웃거리더니 왼손의 사과를 한입 베어 물었다.

그리고 엄마를 빤히 바라보다 이번에는 오른손의 사과를 한 입 베어 물었다. 엄마는 깜짝 놀랐다. 내 아이가 이렇게 욕심이 많은 이기적인 아이였나 싶었다. 그런데 잠시 후에 왼손을 내밀며 이렇게 말한다.

"엄마 이거드세요 이게 더 맛있어요"

그렇다. 이 아이는 욕심 많은 이기적인 아이가 아니라 진정으로 나눌 줄 아는 배려심 있고 사랑 가득한 아이였다.

그런데 만약 엄마가 양쪽 사과를 베어 무는 아이에게 곧바로 "너는 왜 이렇게 이기적이니?" 라고 화를 냈다면 어떻게 되었을까?

*

달아 달아 밝은 달아~
제 소원을 들어주세요.

더없이 좋은 날, 추석

추석을 한가위라고도 하는데 한가위에서 한은 크다라는 의미이고 가위라는 말은 가배라는 말에서 유래한 것으로 가운데라는 의미이다. 다시 말해 한가위는 가을의 한가운데 있는 큰 날이란 뜻인데 가을은 춥지도 덥지도 않은 계절로 살기 가장 알맞은 시기이다. 일년 동안 농사의 결실인 곡식이 여물어가는 계절이기도 하다. 그래서 사람들은 '더도 말고 덜도 말고 한가위만 같아라.' 라는 말을 했던 것이다.

사실 우리 민족은 농경 민족이다. 농사는 달과 밀접한 관련이 있다. 그래서 농민들은 지금도 태양력인 양력보다 달력인 음력을 농사의 기준으로 삼는다. 요즈음은 사람들이 음력보다 양력에 의지해 삶을 계획하고 살아가고 있지만, 과거 우리 조상들은 태양보다는 달을 더 중시하고 달을 바라보며 살아왔다. 특히 여성들의 몸은 달을 중심으로 변화를 한다.

우리는 모두 여성의 몸을 빌려 세상에 태어났으니 우리의 몸도 달의 기운에 의해 태어난 것이라고 할 수 있다. 우리는 이처럼 달과 함께 살아간다. 달을 보며 소원을 빌기도 하고 달의 변화를 보며 낭만에 젖기도 한다.

추석 대표 음식인 송편도 달과 무관하지 않다. 송편은 반달 모양으로 송편을 빚는 과정을 보면 보름달 모양인 동그란 모양에서 시작하여 다양한 곡식의 소를 넣고 빚어내면 반달이 된다. 이는 달의 변화과정을 의미하는 것이기도 하지만 반달은 보름달로 가는 중간 과정으로 더 나은 미래를 기원하는 뜻도 담겨 있다. 또 추석 차례상에 빠지지 않고 올리는 음식이 토란국, 과일, 송편인데, 이러한 음식을 올리는 것은 땅 밑의 열매인 토란과 땅 위의 열매인 과일 그리고 하늘의 열매인 달을 상징하는 송편을 조상님께 올려 세상의 모든 열매를 조상들이 흠향하도록 하기 위함이라 할 수 있다.

우리에게 추석은 곡식의 풍요를 기원하는 의미에서 하나의 축제이기도 하고, 조상에게 모든 음식을 올려 효를 다한다는 면에서 조상 숭배 정신을 표현하는 날이기도 하다. 예전에 며느리는 가사 일에서 벗어나 친정에 갈 수 있는 기쁜 날이기도 하였고, 음식을 나눠 먹으며 이웃과 정을 나누는 날이기도 하였으며, 소놀이, 거북놀이, 씨름, 강강술래, 줄다리기 등 다양한 놀이를 하며 공동체 의식을 함양하는 날이기도 하였다. 한마디로 더없이 좋은 날이었다. 그런데 요즈음은 이런 정신이 많이 퇴색되고 변질되어 추석 명절이 행복한 축제의 장이거나 따뜻한 가족애를 확인하는 시간이 아니라 형해화되어 하나의 의무이고 부담으로 인식되고 있는 것 같아 아쉬움이 남는다.

명절 증후군이라는 말도 있고, 명절 이후에 이혼이 증가하기도 한다는 말도 있다. 사위와 며느리가 가장 기피하고 두려워하는 날이 명절이라는 말을 하기도 한다. 음식을 만들기 힘들다는 이유로 음식 대행업체에 돈을 주고 음식을 맡기기도 한다. 학생들도 스트레스로 시달리긴 마찬가지이다. 고3 학생은 수시 원서 접수와 수능시험에 대한 압박, 그 외 학생들은 얼마 남지 않은 중간고사 등으로 명절 연휴가 편하게 쉴 수 있는 시간이 아니라 오히려 더 많은 공부를 해야 하는 시간이 되었다. 게다가 올해는 코로나19로 어디로 바람을 쐬러 가기도 쉽지 않아 스트레스를 해소할 방법도 찾기 어렵게 되었다.

물론 명절을 보내는 것이 힘들고 어려울 수 있다. 그러나 일체유심조(一

切唯心造)라고 하지 않는가. 한번 마음을 바꿔 먹으면 추석 명절이 스트레스만 쌓이는 날이 아니라 정을 나누는 날, 더없이 좋은 날이 될 수도 있지 않을까 생각해 본다.

공자에게 제자가 "부모님 삼년 상을 꼭 치러야 합니까?" 라고 물었을 때, 공자가 말하기를 "마음이 불편하지 않으면 괜찮다." 라고 답했다고 한다. 모든 것은 마음에 달려있다. 음식, 운전, 공부 등으로 스트레스를 받지 말자. 마음만 있음 되지 않겠는가. 물 한 대접이면 어떠하고, 영상 통화 한 번이면 어떠한가? 마음만 있으면 그것으로 족한 것이다. 부디 이번 명절은 지족(知足)한 마음으로 모든 분들이 행복하길 빌어본다.

미안하다. 지켜주지 못해서……

청주에서 여중생 2명이 자살하는 사건이 발생하였다.

교육자의 한 사람으로서 먼저 죄스러운 마음이 앞서고 학생들 앞에 무릎 꿇고 사죄라도 하고 싶다. 어린 학생들이 얼마나 힘들고 무서웠으면 그런 극단적 선택을 할 수밖에 없었을까를 생각하면 눈물이 앞을 가린다.

사람들은 어린 학생들의 죽음을 두고 경찰, 검찰, 교육 당국 등이 대처를 소홀히 해서 그렇다고 하기도 하고, 당국이 즉각적인 분리 조치를 하지 않아 이런 문제가 발생했다고도 한다. 또 위기 관리를 위한 사회적 시스템이 제대로 작동하지 못해 발생한 문제라고도 한다. 많은 사람들은 계부를 엄벌에 처해야 한다고 청와대에 국민청원을 하였고, 11만여 명의 사람들이 동의를 하였다. 많은 사람들의 관심과 문제 제기에 감사한 마음이 든다.

그런데 한편으로 저런 말과 행동들이 나에게 공허한 메아리처럼 들리는 것은 왜일까. 그것은 이미 어린 학생들은 이 세상에 없고, 우리가 아무리 발버둥친다 해도 그 아이들이 살아 돌아와 우리 앞에 나타나지 못하기 때문이다. 소 잃고 외양간 고친다는 속담이 있지 않은가?

이미 일이 벌어진 후에 하는 것은 소용이 없는 일이다. 그저 안타까운 마음만 들 뿐이다. 물론 그렇다고 저런 행동과 말들이 의미가 없다는 것은 아니다. 이후의 발생을 예방한다는 차원에서 분명 가치있는 일이다. 하지만 어떤 일을 하고자 한다면 일이 벌어지기 전에 해야 하고 예방을 위해 해야 한다.

그렇다면 왜 우리는 이런 사건의 발생을 미리 예방하지 못했을까? 예방을 위해 우리가 어떤 노력이라도 했더라면 어린 학생들이 그런 끔찍한 경험을 하지 않아도 되었을 텐데 말이다. 자책감이 몰려온다.

모든 것이 우리 어른들 탓이고 내 탓인 것 같다. 아니 내 탓이다.

우리가 아이들에게 조금 더 관심을 보여주고, 아이들과 더 많은 이야기를 나누고, 아이들의 고민을 들어주고, 아이들에게 조금 더 신뢰를 보여줄 수 있었다면 아이들은 아마도 저런 극단적 선택을 하지 않았을 것 같다는 생각이 든다.

분명한 것은 누구를 탓하기에 앞서 교육자의 한 사람으로서 모든 것이 다 내 탓이라는 생각을 해야 한다. 나부터 달라져야 한다. 아이들을 우리가 낳지는 않았지만, 그 아이들은 우리의 자식이고 딸이었다.

우리가 그들을 지키지 못한 것이다. 나부터 달라지지 않는다면 세상은 변하지 않는다. 이제 누구의 탓을 하기보다 나부터 아이들 한 사람 한 사람 세밀히 살펴봐야겠다. 혹시 고개를 숙이고 학교를 등교하는 학생은 없는지, 말이나 행동이 예전과 달라진 건 없는지, 얼굴 표정이 굳어있지는 않은지.

학생들은 처한 상황이 다 다르다. 다른 만큼 고민도 다양하고 다를 수밖에 없다. 어떤 아이는 문제가 발생하면 적극적으로 자신의 문제를 표현하고 고민을 해결한다. 그런데 어떤 아이는 속으로는 온갖 고민을 다 안고 있으면서도 표현하지 않고 스스로 해결하려 하거나 계속 고민을 감추고 생활한다.

이처럼 아이들은 같은 고민이 있어도 다르게 반응하고 다르게 행동한다. 우리는 쉽게 말을 한다. "그런 고민이 있었으면 말을 하지 그랬어" 라고 말이다. 이제 우리의 생각을 바꿔야 한다. 아이들은 우리가 생각한 대로 생각하고 말하고 행동하지 않는다. 우리가 살피고 또 살펴야 한다. 아이들의 고민을 더 많이 들어주려고 노력해야 한다. 아이들이 쉽게 다가와 고민을 말할 수 있도록 아이들에게 친구가 되어 주어야 하고, 내 마음을 열고 아이들을 바라봐야 한다. 허리를 굽히고 몸을 낮추어 아이들의 눈 높이에서 아이들을 바라봐야 한다. 그래야 아이들의 표정이 보이고, 몸짓 하나 하나에서 아이들이 무엇을 말하려고 하는지를 알 수 있다. 아이들이 다가와 말을 할 때까지 기다리지 말고 먼저 한걸음 아이들 앞으로 다가가 아이들이 우리의 체온을 느낄 수 있도록 해야 한다.

우리 모두 자신의 아들 딸이라 생각하고 한 발짝만 더 다가서자. 그래서 교육이 바로 선 세상을 만들자. 그래야만 최소한 아이들이 극단적인 생각을 하지 않을 수 있고 또 예방할 수 있다.

변화하는 사회에서의 생활지도

학교에서 교사의 주된 업무 중 하나가 생활지도이다.

오히려 교사들은 교과를 가르치는 일보다 생활지도를 더 어려워하는 경우가 많이 있다. 왜 교사는 생활지도를 더 힘들어할까?

우리 사회는 정이 지배하는 사회이다. 그래서 학생이 문제 행동을 했을 때 교사는 정으로 학생들의 문제 행동을 바로 잡으려 한다. 분명 학교에는 상벌점제가 있고 징계 규정도 있다. 따라서 학생이 문제 행동을 하면 벌점 규정이나 징계 규정에 의거 벌점을 주거나 징계를 하면 된다.

그런데 대부분의 교사는 그렇게 하는 것을 꺼린다. 교사들은 학생들이 문제 행동을 할 때마다 벌점을 주거나 징계를 하는 것은 너무 사무적이고 냉정한 행동으로 인간미가 없다고 생각을 하거나 또는 벌점이 누적되어 학생이 징계를 받는 것에 대한 부담감을 갖고 있어 가능한 벌점을 주려하지 않는다. 뿐만 아니라 학생부에 학생의 징계를 의뢰하는 것에도 많은 부담을 느낀다.

그래서 대부분의 교사는 학생이 잘못을 인정하고 뉘우칠 것을 기대하고 학생들에게 훈계를 시도하게 되는데, 이 과정에서 학생이 잘못을 인정하지 않거나 불손한 태도를 보이거나 말을 버릇없이 하게 되면 감정적이 되고 감정을 학생들에게 표출하게 된다. 결국 감정 표출은 학생과 갈등으로 이어지게 되고 심지어는 학부모와의 관계까지 악화되는 경우가 발생하곤 한다. 이런 경우 교사는 난처한 상황에 처하게 되고 학생에 대한 정과 기대감에서 출발했던 생활지도는 교육적 의미를 상실하게 된다.

물론 교사는 성인군자가 아니다. 아니 성인이라고 할 수 있는 공자도 제자가 잘못을 하면 그를 힐책하고 정강이를 걷어찼다고 한다.

그러면 교사는 공자보다도 더 훌륭한 품성을 지녀야 하는가 하는 생각이 든다.

교사는 평범한 인간일 뿐이다. 문제의 원인을 교사의 인격이나 품성에서 찾으면 해결책을 찾기 어렵다. 아니 교육 자체가 불가능해질 수도 있다. 공자가 제자를 교육함에 힐책과 함께 정강이를 걷어차도 되었던 것은 그 시대가 그것을 용인했기 때문일 것이다. 과거에는 학교 현장에서 쉽게 체벌이 이루어졌고 아무도 그것을 문제시하거나 잘못된 방법이라고 생각하지 않았다. 심지어 학부모들이 사랑의 매라고 해서 회초리를 교사에게 전달하기도 했다.

과거에는 학생, 학부모, 교사 모두 체벌을 교육적 방법으로 인정해주었다. 아직도 가끔 학부모와 상담을 하다보면 어떤 부모님들은 "때려서라도 아이를 가르쳐 주세요." 라고 말을 하는 분들이 있다. 여기에서는 체벌의 교육적 의미와 교육적 타당성에 대한 이야기를 하고자 하는 것은 아니다. 공자가 제자의 정강이를 걷어차고, 과거에 교사가 학생을 체벌하는 것이 가능했던 것은 그것이 올바른 교육적 방법이었기 때문이라기보다는 시대가 그것을 용인했기 때문일 것이다.

그렇다면 왜 과거에는 용인되었던 체벌이 지금은 인정되지 않는 것인가? 그것은 시대가 변했기 때문이다. 이제 학생, 학부모, 교사 모두 체벌을 교육적 방법으로 보는 것이 아니라 폭력으로 보고 있다. 아마도 공자가 지금 학교 현장에서 학생들을 가르친다면 그는 아동학대 방지법에 의해 처벌을 받고 문제 교사로 낙인찍히게 되었을 것이다.

이제 시대가 변했다. 시대의 변화에 따라 우리의 생각도 바뀌어야 한다.

정이 지배하는 사회에서 이성이 지배하는 사회로 바뀌고 있다.

시대가 변했다면 학생지도도 변해야 한다. 학생 지도에도 이성적 접근이 필요한 때이다. 정으로 이루어지는 교육은 부작용을 수반하게 될 가능성이 높다. 생활지도에서 벌점을 주거나 징계를 하는 것이 인간적이지 못한 것이 아니다.

교육은 이성적 활동이고 어떻게 접근하는 것이 교육적 효과가 큰가를 생각해야 한다. 그리고 생활지도를 위한 방법을 찾는 과정에서 우리가 고민해야 할 것은 교육적 효과와 학생과 학부모가 수용할 수 있는 범위 안에서 그 방법을 찾아야 한다는 것이다. 그것이 시대의 변화를 잘 읽는 것이고 교육적 효과도 높이는 방법인 것이다.

즉 교사의 이성적 접근과 함께 학생의 책임 의식, 학부모의 믿음 등이 동반될 때 생활지도의 교육적 효과를 기대할 수 있다.

▲2021 봉명중학교 졸업앨범 촬영 중 학생의 신발끈을 묶어주다 한 컷

모델링의 중요성
비리로 얼룩진 충북 교육청을 바라보며......

교육은 희망이다. 학생들은 꿈을 꾸며 살아간다.

꿈이 없다면 행복도 없다. 꿈이 없다면 삶은 가치 없는 삶이 되고 만다. 우리는 교육을 통해 학생들에게 미래를 꿈꿀 수 있도록 해줄 의무가 있다. 이것이 학교와 교사와 학부모가 해야 할 일이다.

얼마 전에 뉴스를 통해 충북 교육청이 납품 비리 협의로 검찰로부터 압수수색을 받았다는 기사를 접하게 되었다. 교육자의 한 사람으로서 참담한 심정이었다. 교육청이 무슨 잘못을 했는지 알 수도 없고 알 필요도 없다. 그것은 검찰이 밝혀낼 것이고 우리가 갑론을박할 일은 아니라고 생각한다. 중요한 것은 교육청이 어떤 잘못을 했는지가 아니다. 잘못을 했다는 의심을 받고 검찰로부터 압수수색을 받았다는 사실이다. 아이들이 그런 뉴스에 노출되지 않길 막연하게 기대를 해보지만, 아이들은 인터넷이나, 방송, SNS 등 어떤 매체를 통해서든 뉴스를 접하게 될 수밖에 없을 것이다. 그리고 아이들이 받을 상처를 생각하면 마음이 아프다. 옛말에 '아니 땐 굴뚝에 연기 나랴.' 라는 말이 있긴 하지만 아니길 빌어본다. 아니 반드시 아니어야만 한다. 이는 누구를 위해서도 아니다. 교육 가족과 학생들을 위해 그래야만 한다.

모델링은 교육 방법 중, 하나로 아이들에게 많은 영향을 미친다. 그래서 '윗물이 맑아야 아랫물이 맑다.' 라는 말을 하는 것이다. 아이들은 어른들의 모습을 그대로 보고 배운다. 물론 논어에 선악개오사(善惡皆吾師)라는 말이 있긴 하다. '좋은 사람도 나쁜 사람도 다 나의 스승이 된다.'

는 말인데, 이것은 교육적 이상으로 그런 배움의 자세를 지녀야 함을 강조한 것이다. 대부분의 사람들, 특히 어린 아이들은 이런 배움의 자세를 지니기 쉽지 않다. 그래서 어른들이 모범을 보여 주어야 하는 것이고, 어른 노릇 하기가 힘든 것이다.

한 노인이 있었다. 이 노인은 아들의 가족과 같이 살고 있었는데 그의 눈은 짓물러서 항상 껌벅거렸고, 그가 음식을 먹을 때는 손이 떨리고 힘이 없어 음식이 온 밥상에 흐트러지기 일쑤며 입가에는 음식이 항상 붙어 다녔다. 참다못한 며느리가 어느 날 남편에게 이렇게 쏘아붙였습니다.

"이제는 더 이상 참을 수가 없어요. 아버님 앞에서는 더러워서 밥을 못 먹겠단 말이에요." 그 날밤 부부는 긴 논의를 한 끝에 다음 날부터는 아버지를 따로 부엌 귀퉁이에서 식사를 하게 하였다. 그리고 보통 그릇이 아니라 음식이 흩어지지 않게 커다란 뚝배기에 담아 주었다. 그러던 어느 날 아버지의 손이 너무 떨려 그만 뚝배기마저 부엌 바닥에 떨어뜨려 산산조각이 났다. 그러자 며느리는 남편에게 말하길.

"도저히 안 되겠어요. 이제부터는 밥을 구유에 담아드려야겠어요." 하면서 며느리는 소의 여물통 같이 긴 구유를 만들어 그 속에 아버지의 음식을 주기 시작했다. 그들 부부에게는 네 살짜리 아들이 있었다. 어느 날 보니 아들 녀석이 어디서 주워왔는지 나무 조각을 들고서 무엇인가를 만들고 있었다. 아이의 아버지가 아들에게 물었다. "애야 무얼하고 있는 거니?" 네 살짜리 아들은 웃으면서 이렇게 말했다.

"구유를 만들고 있어요. 그래야 이다음에 아빠와 엄마가 늙으면 여기에다 밥을 담아 드릴 수 있을 것 아니에요"

교육청은 나무의 뿌리와 같고, 가장 윗물에 해당한다. 뿌리가 튼튼해야 나무는 비바람을 버틸 수 있고, 곧게 자랄 수 있다. 윗물이 맑지 않으면서 아랫물이 깨끗하길 기대할 수는 없다.

아이들이 마음껏 웃으면서 자신들의 꿈과 희망을 펼칠 수 있도록 그리고 따뜻한 품성을 지닐 수 있도록 우리가 튼튼한 뿌리가 되어주어야 하고, 깨끗한 윗물이 되어주어야 한다. 그래야 다음에 아이들이 우리를 위해 구유를 만들지 않는다. 부디 아무 일 없이 잘 마무리되길 기도해 본다. 우리의 아이들을 위해.......

▲백곡중 제자들과 함께

스마트폰으로 인해 학생과 학부모, 교사와 많은 갈등이 일어난다.
무조건 금지시키거나 벌을 주지 않고
원만하게 해결할 수 있는 방법이 있을까?

생활지도 방법으로서의 벌

우리는 가정에서도 학교에서도 자신들의 자녀와 학생들에게서 문제 행동이 발견되면 벌을 준다. 물론 여기서의 벌은 비난이나 책망하는 말 혹은 어떤 일정한 장소에 가 있으라고 명령하는 체벌 등을 모두 포함한다. 벌은 자동차에 비유하면 달리는 자동차의 브레이크와 같은 역할을 한다. 만약 어떤 사람이 우리에게 자동차를 가리키며 하나는 엑셀만 있고, 다른 하나는 브레이크만 있다고 하면서 어떤 차를 타겠냐고 하면 우리는 엑셀만 있는 차 보다는 브레이크만 있는 차를 탈 것이다. 브레이크만 있는 차는 달릴 수는 없어도 위험하진 않지만 엑셀만 있는 차는 자칫 목숨을 잃을 수도 있기 때문이다.

사실 벌은 우리의 삶에 그리고 자녀와 학생들의 교육에 없어서는 안되는 중요한 교육 방법중의 하나이다. 만약 부모나 교사가 자녀와 학생들에게 벌을 주지 않는다면 그 자녀와 학생들은 제대로 삶을 살아가기 어려울 것이다. 엑셀만 있는 자동차처럼 질주는 할 수 있을지 모르지만 필요할 때 멈출 수 없기 때문에 너무도 위험한 삶을 살아가야만 한다. 즉 정상적인 삶을 살아갈 수 없게 된다. 그런데도 우리는 벌의 부정적 의미 때문에 벌을 있는 그대로 보려하지 않고 눈을 감아버린다.

벌은 분명 학생 지도와 자녀교육에 필요하다. 그렇다면 벌이 왜 필요한지 그 근본에서 다시 생각해 보자. 우리가 벌을 주는 목적은 더이상 올바른 가치에 반해서 행동하지 못하도록 하며, 올바른 가치를 경멸하지 못하도록 하고자 하는 데에 있다. 그런데, 이러한 목적이 달성되기 위해서는 전제 조건이 필요한데, 그것은 벌을 받는 사람이 합리적이어야만 한다는 것이다. 벌은 단순히 행위를 억제하기 위해서만 사용하는 되는 것이 아니고, 벌이라는 수단을 통해 도덕적 가치를 내면화시킴으로써 행위를 억제하고자 하는 것이다. 사람들은 비합리적인 사람이나 동물에게 벌을 줄 수 없다고 말한다. 왜냐하면 비합리적인 사람은 자신의 공격이 벌을 받을 수도 있다는 것을 이해하지 못할 뿐만 아니라, 결코 벌의 정당성을 이해하지도 못하기 때문이다.

따라서 동물이나 비합리적인 인간이 단지 그들의 행위를 억제하고 있다고 해서 그들이 벌을 받고 있다고는 말할 수 없다. 벌을 통해 행위를 억제하는 사람에게 벌을 받고 있다고 말할 수 있으려면, 벌을 받고 있는 사람이 그 벌을 인정할 수 있어야만 한다. 즉 벌을 받는 사람이 자신이 받는 벌이 받을 만 하다고 인정해야만 한다. 그렇지 않다면, 벌은 그들에게 단순히 응보이거나 분풀이로 인식될 뿐이다. 게다가 벌은 벌을 받는 사람으로 하여금 도덕적 갈등과 죄의식을 이끌어 낼 수 있어야만 한다. 벌이 죄의식을 이끌어 내지 못한다면, 그것은 그에게 단지 고통이나 불쾌 경험에 지나지 않을 것이다. 나아가 벌은 새로운 도덕적 동기에 의해 미래의 비행으로부터 효과적으로 방향을 바꿀 수도 있어야만 한다.

이처럼 벌은 교육적 의미를 지닌 교육의 한 방법이다. 다만 벌의 전제 조건인 합리성을 생각한다면 우리는 자녀와 학생들에게 벌을 줄 때 그냥 비난하거나 책망만 하는 것이 아니라 벌을 받는 사람이 그 벌을 정당하다고 이해하고, 인정할 수 있도록 해야 한다는 점이다. 화가나서 주는 벌은 분풀이일 뿐이고 자녀와 학생들을 불쾌하게 하거나 고통만 안겨주는 행동이지 교육이 아니라는 사실을 명심해야 한다. 그리고 우리의 자녀나 학생이 올바르게 성장하길 바란다면 벌을 주는 것을 회피해서는 안된다.

벌을 교육적 수단으로 적극적으로 활용할 필요가 있다.

프로이트는 양심을 벌에 대한 경험이라고 하였다. 우리의 자녀와 학생이 양심을 지닌 사람으로 성장하길 기대한다면 벌에 대한 우리의 생각의 전환이 필요한 때이다.

＊
스포츠 정신을 통해 승리가 아닌 목표가 아닌
연대감, 배려, 노력을 느꼈으면한다.
학교에서도...

스포츠와 규칙

2017년 미국여자프로골프(LPGA) 투어 시즌 첫 메이저 대회인 ANA인스퍼레이션(총상금 270만 달러)은 유소연 선수가 우승하여 메이저 대회 2승째를 기록한 대회이다. 사실 이 대회의 우승은 미국 여자프로 골퍼인 렉시 톰슨이 매우 유력한 상황이었다.

대회 마지막 날 12번 홀이 진행되고 있을 때만 하더라도 렉시 톰슨은 3타차 선두를 달리고 있었고, 누구도 렉시톰슨의 우승을 의심하는 사람은 없었다. 하지만 전날 3라운드 17번 홀에서의 상황이 렉시 톰슨의 우승을 멀어지게 만들었다.

당시 렉시 톰슨은 17번 홀에서 약 30cm 정도의 파 퍼트를 남겨두고 마크했다가 다시 공을 놓고 퍼트를 했는데, 이때 렉시 톰슨이 공을 들었다가 놓는 과정에서 약 2.5cm 정도 홀 쪽으로 가까운 곳에 놨다는 TV 시청자의 이메일 제보가 대회 마지막 날 접수되었다.

주최 측은 이 사안을 검토해 렉시 톰슨에게 벌타를 부과하기로 최종 결정하였다. 공을 마크한 지점이 아닌 곳에 놓았다는 이유로 2벌타, 스코어 카드를 잘못 작성해 제출한 이유로 2벌타 총 4벌타를 주었다. 그 결과 유소연 선수와 렉시 톰슨은 연장전까지 가게 되었고 결국 유소연 선수의 우승으로 대회는 마무리 되었다.

렉시 톰슨의 입장에서 보면 억울하다고 생각 했을 수도 있다.

하지만 그녀가 의도적이던 의도적이지 않던 규칙을 어긴 것은 사실이고 규칙을 어긴 행위에 대한 벌점 부과는 누구나 타당한 것이라 생각한다. 렉시 톰슨 자신도 규칙 위반을 인정하고 이의 제기를 하지 않았다. 이처럼 스포츠에서의 규칙 위반은 엄격하고, 이러한 엄격한 규칙이 있기에 누구도 규칙을 위반하려 하지 않는다. 만약 규칙을 위반해도 그것이 문제가 되지 않거나 그로 인해 불이익을 받지 않는다면 규칙을 지키려 하는 사람은 아무도 없을 것이다. 모든 스포츠에는 규칙이 있고, 그 규칙을 알지 못하는 사람은 경기에 참여할 수가 없다.

한마디로 규칙이 없는 스포츠는 스포츠가 아니고 단순한 놀이에 지나지 않는다. 개나 고양이가 공을 가지고 노는 단순한 놀이 말이다.

얼마 전 청와대 국민 청원 게시판에 학교폭력으로 의식불명에 빠진 고등학생의 사연이 올라왔다. 학교폭력 가해자들은 스포츠를 가장해 피해 학생에게 머리 보호대를 착용하게 하고 2시간 40분 동안 폭력을 행사한 것이다. 머리 보호대만 착용하면 폭행도 스포츠가 되는 것인가?

스포츠에는 엄격한 규칙이 있다. 일반인이 보기에는 서로에게 폭력을 행사하는 것처럼 보이는 이종격투기도 철저한 규칙하에서 경기가 이루어진다. 심판이 있고, 선수의 작은 규칙 위반도 허용하지 않는다.

이처럼 엄격한 규칙하에 경기가 이루어지기 때문에 선수가 보호받을 수가 있는 것이다. 한 선수가 경기를 포기한다는 신호를 보내면 공격을 하던 선수는 바로 공격을 멈춘다. 만약 어떤 선수가 규칙을 어기고 상대방을 공격했다면 그는 이미 선수가 아닌 것이다. 그들은 폭력을 행사한 폭행범에 불과하다. 가해 학생들이 학교폭력을 스포츠로 가장해 합리화하려 했다면 그 학생들은 스포츠를 전혀 모르는 학생들이 분명하다.

그것이 아니면 학교폭력을 행사하면서 자신들의 행위를 합리화하기 위해 스포츠를 가장해 스파링을 했다고 변명을 하고 있는 것이다. 만약 이것이 사실이면 그들의 행위는 더욱 용서 받기 힘들고 가중 처벌을 받아마땅하다. 우리 모두는 실수를 할 수 있다. 어쩌면 그들도 피해 학생을 의식불명에 빠지게 할 의도까지는 없었을 수도 있다.

하지만 의도를 했던 실수를 했던 규칙을 위반했다면 그들은 폭력을 행사한 것이지 절대로 스파링을 한 것은 아니다. 또 가해 학생들은 이미 학교폭력으로 전학 처분을 받은 학생들이라는 것이다. 학교폭력의 전력이 있는 학생이 또다시 학교폭력을 행사한 것이다. 그렇다면 그들은 왜 학교폭력을 반복하고 있는 것인가. 그것은 그들에게 내려진 페널티가 그들의 반성을 이끌어내지 못했기 때문이라고 생각한다. 이번에는 규칙 위반에 대한 엄격한 페널티를 부과해 스포츠에는 규칙이 있음을 알려주어야 한다.

불관용의 원칙에 따라 사회의 규칙인 법과 학교의 규칙인 교칙을 엄격히 적용해 변명이 아니라 자신들의 행위를 반성을 할 수 있는 기회를 주어야 한다. 그래야만 그들의 올바른 성장도 기대할 수 있을 것이다.

▲청주중학교 학생들의 체육대회 축구시합 전 상대팀과 악수 나누는 모습

엄부자모(嚴父慈母)에서 자부자모(慈父慈母)로

어느 날 친구와 저녁 약속이 있어 기다리고 있었다.

친구가 얼굴이 밝지 않은 모습으로 들어 와서 하는 말이, 약속 장소로 오는 도중 고등학생들 몇 명이 모여 담배를 피우고 있는 것을 목격하게 되었는데. 아이들은 생활복을 입고 있었으나 어느 학교인지 금방 알 수 있었다는 것이다. 예전엔 이런 상황에 직면하게 되면 아이들을 불러 "학교 이름이 쓰여있는 옷을 입고 담배를 피우는 건 아니지 않냐" 라며 최소한의 충고를 했는데, 방송을 통해 일탈 행동을 하는 학생들에게 충고를 하다 봉변을 당했다는 기사가 떠올라, 그냥 못 본척 약속 장소로 왔다는 것이다. 한편으론 씁쓸함을 지울 수 없었다며 탄식을 하는 모습을 보고 교육자의 한 사람으로서 미안한 마음이 들었다.

어쩌다 우리 사회가 이렇게까지 되었을까?

우리는 언제부터인지 어른에 대한 공경이 사라졌다. 그 이유는 참된 어른이 없기 때문이기도 하겠지만 사회적인 분위기가 어른을 공경의 대상으로 보지 않게 된 탓도 있을 것이다. 여기에서 어른 공경을 이야기하면 혹자는 무슨 꼰대 같은 소리냐고 말하는 사람도 있을 것이고 또 어떤 사람은 참된 어른이 없는데 무슨 공경이냐 하는 사람도 있을지도 모른다. 하지만 어떤 사람을 참된 어른이라고 할 수 있느냐를 두고 말을 하면 그 논쟁은 끝이 없기에 여기서는 논외로 하고 교육적 차원에서 어른 공경의 필요성을 말해 보고자 한다.

과거에는 가정과 학교에서 어른 공경을 가르쳤고 사회적 분위기도 그랬다. 엄부자모(嚴父慈母)라는 말이 있다. 가정에서 아버지는 회초리를 들었고 규칙을 가르치는 역할을 담당하였다. 어머니는 자애로 감싸 안는 역할을 하여 냉온의 조화를 이루었다. 이것이 시대가 변하여 엄모자부 (嚴母慈父)로 바뀌었다가 이젠 자부자모(慈父慈母)로 변하였다는 생각이 든다. 요즈음은 가정에서건 학교에서건 규칙을 가르치고 잘못을 했을 때 엄하게 꾸지람을 하는 사람이 없다. 엄부자모나 엄모자부는 그래도 문제 가 되지 않는다. 누구든 잘못을 지적하여 규칙을 가르치는 역할을 담당 하고 있기 때문이다. 사람들은 "칭찬은 고래도 춤추게 한다."라고 하 며 칭찬을 말하면서도 잘못을 꾸짖는 일에 대해서는 말을 아낀다. 칭찬 이 고래를 춤추게 하는 것은 맞는 말이다. 하지만 사람에게 칭찬은 반쪽 의 성공일 수밖에 없다. 무조건적인 사랑은 아이들로 하여금 규칙과 질 서를 배울 기회를 박탈할 수 있어 삶을 살아가는 데 결코 도움이 되지 못 한다는 사실을 알아야 한다.

프로이트는 질서와 관련된 인성의 요소로 초자아을 강조하였다.

초자아는 다시 개인 초자아와 문화 초자아로 구분되는데 개인 초자아는 가정에서 아버지에 의해 형성되지만 그것만으로는 어른을 공경하고 질 서를 지키며 살아가는 데 한계가 있기 때문에 사회의 분위기라고 할 수 있는 문화 초자아를 강조하였다. 가정과 사회가 조화를 이룰 때 아이들 은 규칙을 배우고 실천할 수 있게 되며 어른을 공경할 수 있게 된다.

특히, 가정에서 아버지의 역할이 점점 사라지고 있는 점은 안타까움이 크다. 초등학교 2학년 학생의 일기이다. "엄마가 있어서 좋다. 나를 예 뻐해 주셔서, 냉장고가 있어서 좋다. 먹을 것을 주어서, 강아지가 있어 서 좋다. 나랑 놀아주어서, 아빠는 왜 있는지 모르겠다." 그냥 웃어넘기 기엔 이것이 우리의 현실인 것 같아 아쉬움이 남는다. 가정에서든 사회

에서든 어른이 있어야 한다. 그것이 누구든 중요하지 않다. 그래서 규칙
을 가르치고 잘한 일은 칭찬하고 잘못된 일은 꾸짖어야 한다. 어른 공경
도 가르쳐야 한다. 이것을 봉건적 사고나 꼰대들의 말로 치부해서는 안
된다. 가정에서 개인 초자아를 형성하도록 가르치고, 문화 초자아로서의
사회적 분위기가 규칙을 지키고 어른을 공경하도록 조성될 때, 어른들은
아이들의 잘못을 목격하게 되면 꾸짖고 가르치려 할 것이다.

이는 결국 우리 모두의 아이가 잘못된 행동을 하거나 나쁜 길로 빠지지
않도록 하는 브레이크 역할로 이어지게 될 것이고, 갈대가 서로에게 기
대어 바로 설 수 있는 것처럼 서로가 서로에게 기대어 사는 아름다운 사
회가 될 것이다.

영국의 품행 허브 프로그램

얼마 전 모 신문에서 〈엄해지는 영국학교 "스마트폰 꺼라" – "진보 이념에 교실 붕괴" 문제학교 정상화 나서…… 학업성적 향상 기대〉 라는 제목의 기사를 본 적이 있다. 이 기사를 읽으며 우리의 교육 현실과 너무 많은 부분이 오버랩 되었다. 기사에서 영국이라는 단어를 빼면 이 기사의 내용은 우리의 교육 현실을 그대로 말하고 있었다.

영국은 1970년대 이후 진보적인 교육 이데올로기의 확산으로 규율이 실종되었고, 학생 중심의 학습 방법이 주류가 되면서 교사는 한걸음 뒤로 물러날 수밖에 없게 되었다. 그리고 아이들이 스스로 학습 동기를 부여하고 적극적으로 수업에 참여할 것이라고 생각했지만 이는 지나치게 낙관적인 견해임이 밝혀졌다.

이처럼 지나치게 학생 중심으로 흐른 진보 교육 방식으로 인해 영국은 학교의 규율이 무너지게 되었고, 이것이 교실 붕괴와 학습환경 악화로 이어지게 되면서 학생들이 하루 1시간 1년에 최대 38일의 학습 시간을 잃게 되는 결과를 낳았다. 영국정부는 이를 바로잡기 위해 품행 허브 프로그램을 통해 학업 성취도를 높이겠다는 목표하에 학교 내 질서와 규율을 바로 세우겠다는 정책 수립과 함께 수업 시간 때 정숙 유지, 교실 내 스마트폰 사용 제한, 지각·무단 결석 금지, 복도 내 좌측통행 등을 강조한 것이다. 그리고 품행 허브 프로그램은 이를 지속적으로 어기는 불량 학생들에게는 강력한 징계로서 정학과 퇴학을 고려하겠다는 내용도 담고 있다.

우리도 언제부터인가 진보 교육이 우리 교육의 주류가 되었고, 진보 교육자들이 말하는 진보 이념 교육이 뿌리를 내리면서 심각한 교실 붕괴를 경험하고 있다. 수업 시간에 자는 학생이 있어도 깨울 수가 없다.

만약 깨우려 시도를 한다면 교사는 많은 위험 부담을 감수해야만 한다. 그리고 규율이 실종된 지도 이미 오래되었다.

학교에서 학생들의 품행을 지적하고 바르게 행동할 것을 요구하는 교사도 조심스럽기만 상황이다. 문제는 이런 상황이 학습환경 악화로 이어져 대다수의 많은 학생이 피해를 보고 있는데도 문제를 해결할 방법을 찾기도 쉽지 않다는 데 있다. 목소리 큰 사람이 이긴다는 말이 있지 않은가. 학교에서도 문제 있는 극소수의 학생들의 목소리가 더 크다. 조용하고 모범적인 대다수 학생들의 목소리는 어디에서도 들을 수 없다. 그리고 더 심각한 문제는 상황이 이러한데도 누구 하나 책임지려는 교육 주체가 없다는 점이다.

오로지 교사들만 사명감을 갖고 고군분투하고 있는 실정인데, 이마저도 한계에 부딪혀 좌절하기 일쑤이다. 이런 상황에서 우리도 영국처럼 품행 개선 프로그램의 실시가 절실히 요구된다. 만약 시기를 놓친다면 그 피해는 오로지 학생들과 학부모들에게 돌아갈 것이다. 물론 이는 국가적으로도 큰 손실이 아닐 수 없다.

우리가 자주 하는 말 중에 '좋은 게 좋은 거야.' 라는 말이 있다. 이 말은 나쁜 것도 좋다고 하고 넘어가면 결국 좋게 될 것이라는 의미를 담고 있다. 하지만 이런 말을 하면서 학교가 안고 있는 문제를 그냥 넘어간다면 이는 더 많은 문제를 낳게 될 것이다.

현실을 직시할 필요가 있다. 물론 현실의 상처를 건드리면 덧날 수도 있고, 수술하는 과정에서 극심한 고통과 아픔을 참아내야 할 수도 있다.

하지만 상처를 그냥 두면 아픔을 참는 정도로 끝나지 않을 수 있다. 어쩌면 나중에 팔 하나를 잘라내야 할 수도 있고, 심해지면 목숨을 잃을 수도 있다. 지금 조금 아프더라도 우리는 수술을 하지 않으면 안 된다. 진통이 따르더라도 치료를 해야만 한다. 그래야만 더이상 상처로 아파하지 않을 수 있다.

교육이 무엇인가?

미성숙한 학생들을 성숙으로 이끄는 과정이다. 미성숙한 학생들에게 모든 것을 맡겨두고 지켜만 보는 것은 참된 교육이 아니다. 그것은 교육적 방임이고 포기이다.

하루속히 붕괴된 교실을, 무너진 학교 현장을 바로 세워야 한다. 모든 교육 주체에게 부탁드린다. 우리 모두 교육 바로 세우기 운동에 함께 동참해 줄 것을 간곡히 요청드린다.

생각의 틀

제자의 꿈

 수 십년간 사회적 논란이 되었던 "양심적 병역거부자" 대체복무제. 신앙이나 비폭력 · 평화주의 신념 등으로 군 복무를 거부하는 일명 "양심적 병역거부자"는 교도소에 수감 되었다. 이런 논란에 국방부는 2018년 12월 양심적 병역 거부자에 대해 36개월 교도소 합숙근무를 결정했다. 지난 10월 26일 대체복무제를 처음으로 시행하였다. 모든 제도는 장단점이 있다고 생각한다. 특히 대한민국에서 가장 민감한 부분중 하나가 병역문제다. 그러기에 수 십년간 논란이 되었던 것 같다. 필자는 대체 복무제 시행하는 날에 문득 한 제자가 생각이 났다.

필자는 20년전 청주의 어느 고등학교에서 고3 담임을 하였다.

그때는 대부분의 인문고는 평일과 주말에도 자율학습을 하였고, 특별한 사정을 빼 놓고는 모든 학생이 주말에도 학교에 등교를 하였다. 대부분의 학생이 그렇듯이 공부는 예나 지금이다 하기 싫고, 한참 혈기왕성한 청소년 시기이기에 더욱 그렇다. "공부도 한때"다 라고 부모님이나 선생님이 입에 침이 마르도록 얘기를 해도 몇 몇 아이들은 공부가 하기 싫어 이 핑계 저 핑계를 대고 자율학습에 참여를 안 하려고 한다.

필자는 공부도 한때고 조금은 강제적으로 시켜야 된다고 생각한다. 더욱이 대입을 앞둔 3학년 시기이기에 지각이나 자율학습을 빠진 아이는 상세히 상황을 파악하여 무단으로 빠졌을 경우 단단히 벌을 주었기에 아이들이 빠지는 경우는 거의 없었다.

어느 날 학생 화장실 앞을 우연히 지나치다 아이들이 웅성거리며 모여있는 장면을 보게 되었다. 혹시 아이들이 싸웠나 하고 화장실에 들어갔더니 한 학생이 화장실 바닥에 대자로 누워 있었다.

나는 깜짝 놀라 아이들에게 상황을 묻기도 전에 누워있는 학생에게 달려가 흔들어 깨웠다. 모든 아이들은 이제 속된 말로 "죽었다" 라고 중얼거리는 듯 했다. 필자에게 상황이 알려 졌으니 관련된 아이들은 모두 초긴장 상태였다. 상황 즉은 야간자율학습을 끝내고 모여서 술을 먹었는데 누워있는 제자는 처음으로 술을 먹기도 하였지만 감당하기도 벅찬 많은 양의 술을 먹었던 것이다. 아침까지 깨지 못하고 아침 조회 끝나자 마자 자기 몸이 감당이 안되니 화장실로 달려가 누워서 순간 잠을 잤던 것이다. 아이를 보건실로 가서 쉬게 하고 다른 아이들에게 자초지종 얘기를 듣고 상황파악이 되었다. 이 일이 일어나기 몇 달전 아이와 상담을 한적이 있다. 주말에 학교에 나올 수 없다고 하였다. 왜 그러냐고 했더니 종교적인 문제로 인해 일요일에 전도를 해야 한다고 하였다. 너는 학생이고 더군다나 고3 인데 신앙도 중요하지만 지금은 그럴 시기가 아니다. 너와 똑같은 종교를 믿고 있는 친구는 주말에 잘 나오는데 왜 그러냐고 하였더니 본인의 생각이 아니라, 부모님의 뜻이라고 하기에 며칠 후 부모님을 학교에 오시라 하여 면담을 하였지만 부모님의 뜻은 완강하였다. 필자는 부모님과 타협을 하였다. 매주 안 나오는 것이 아니라 격주로 빠지는 것으로...아이는 평범하게 학교의 친구들과 같이 공부하고 학교생활을 무척이나 원했다.

제자의 꿈은 교사가 되어 아이들을 가르치는 것이었다. 그러나 제자는 그럴수 없다는 것을 알고 있기에 3학년 말 시기에 이런 일이 생긴 것이다. 세월이 흘러 필자가 3년 전 덕산중학교에 근무할 때 였다. 입력되지 않은 전화번호가 필자의 휴대폰에 울렸다. 요즘 대부분 입력되지 않은 전화번호는 누구나 잘 안받는 거 같다. 처음에는 받지 않았지만, 재차 걸려 오기에 누군가 연락을 필요로 하는 것 같아 받았는데, "혹시 김진균선생님 이신가요? 저 누군데요","너 혹시 OO고 졸업한 누구냐?", "예 맞습니다." 너무도 반가웠다, 늘 마음 한켠에 아쉬움이 남아있던 제자인데졸업한지 17년만에 연락이 온 것이다. 다음날 학교로 나오라고 하여 제자의 졸업후 상황을 듣게 되었다. 제자는 호주에서 결혼을 하였으며 치기공사라는 직업을 갖고 열심히 행복하게 살고 있다고, 제자나 제자의 형은 "양심적 병역거부자"로 교도소에 복역 후 같은 직업을 갖게 되었고, 많은 고민과 생각 끝에 제자는 9년 전 호주로 이민을 가게 되었다고 하였다.

그날 만남의 기쁨도 있었지만 제자의 담임시절에 어른으로서, 선생님으로서 내가 무엇을 하였나? 왜 그때 선생님으로서 많은 고민을 하지 않았나 안타까움을 느꼈다.

지난 10월 26일 대체복무제가 실행 되었다. 제자가 이 시기에 있었으면 제자의 꿈은 어떻게 되었을까? 그저 평범하게 학교 다니면서 친구들과 사이좋게 지내고, 아이들을 가르치는 선생님이 되고 싶은 제자의 꿈은......

무심코 지나쳤던 것들을 자세히 들여다봐야지.

주목과 관찰

강원국 작가의 「나는 말하듯이 쓴다.」 라는 책에는 주목과 관찰에 대한 이야기가 나온다. 강원국에 의하면 주목과 관련된 수업과 공부는 남이 만든 물건을 베끼거나 남이 간 길을 쫓아갈 때 필요하며 남이 보라는 대상을 이해하고 분석하고 그 지점에만 이르게 한다는 점에서 마지못해 하게되고 자신이 좋아서 하거나 관심있는 것이 아니기 때문에 즐겁지도 않고 새로운 것을 상상해 내지도 못한다고 하였다.

그러면서 자신이 받은 교육은 보라는 데를 잘 보면 인정받았던 시대인데 그때는 선생님 말씀을 누가 더 잘 듣는지를 놓고 경쟁을 하였다고 하면서 읽기와 듣기만 하면 자아가 형성되지 않고 정체성도 만들어지지 않는다고 비판적 입장을 견지하였다. 반면 관찰은 보고싶은 것을 찾아 두리번거리고 기웃거리는 것으로 자신이 진짜 보고싶은 것을 볼수 있기 때문에 몰입이 가능하다고 하였다. 어린아이가 마당에서 놀다가 우연히 개미를 발견하였다면 온존일 그것을 쳐다볼 수 있는데 엄마가 개미만 보고 있으라고 시켰다면 이는 가능하지 않은 일이라고 하면서 관찰의 중요성을 강조한 것이다.

강원국의 이런 주장에는 모순이 담겨있다. 강원국의 주장대로라면 주목을 강요하는 교육을 받았던 본인은 자아가 형성되지도 자아 정체성도 만들어지지 않았어야 한다. 그리고 자아 정체성도 형성되지 않은 사람이 지금까지 대통령 연설문을 쓰고 책을 썼다는 말인데 진정 이것이 가능한 일인가?

요즈음 학생들을 보면 과다 행동을 하는 학생들이 많다. 이런 학생들에게 "여기에 주목해" 라는 말조차 하지 않는다면 과연 수업을 진행할 수 있을까? 또 스스로 우연히 개미를 발견하면 온종일 쳐다볼 수 있는 몰입이 가능하다고 하였는데 이런 주장은 잘못된 것은 아니지만 이것이 가능한 사람들은 아주 소수에 불과하다. 대부분의 학생들은 이런 사례를 적용하기 어려운 것이 현실이다. 대부분의 학생들에게는 오히려 "개미를 쳐다보라", "여기에 주목하라" 라는 부모나 교사의 안내가 더 필요하다.

또 주목을 통해 안내되었다고 어린아이가 온종일 개미를 쳐다보지 않을 것이라는 근거는 도대체 어디에 있는가? 물론 지시나 강요에 의해 이루어지는 교육은 흥미를 유발하기 어려울 수 있다. 하지만 그것을 전부로 보아서는 안 된다.

독서 교육은 아이들에게 매우 중요하다. 관찰을 통해 아이들이 스스로 책을 찾아 읽고 흥미를 느낀다면 더 바랄 것이 무엇이 있겠는가?

하지만 대부분의 아이들은 그렇지 못하다. 독서 교육의 성공을 위해선 처음엔 부모나 교사의 적절한 안내가 필요하다. 책을 사다주고 거기에 주목할 것을 요구해야 한다. 여기에 적절한 보상이 함께 한다면 성공 가능성은 더 높다. 그리고 이런 훈련과정을 반복 하다보면 나중에는 흥미를 느끼고 스스로 독서를 해나갈 수 있게 성장하는 것이다. 즉 외적 통제를 거쳐 내적 조절로 이어지는 것이다. 외적 통제에 대한 거부감으로 외적 통제를 하지 않고 내적 조절이 저절로 이루어지길 기대하는 것은 환상에 불과하다 점을 잊으면 안 된다.

사실 주목과 관찰은 상호 보완적인 것이지 서로 배치되는 관계는 아니다. 교육은 칭찬도 비난도 주목도 관찰도 필요한 복잡한 과정이고 현실이다. 이상적인 언어로 포장되어서도 그리고 그런 언어에 현혹되어서도 안 된다. 스스로 관찰하고 몰입을 통해 성장해 간다는 말은 잘못된 말이 아니라 너무 이상적인 말이다. 이는 학습능력이 뛰어난 아이들에게만 적용될 수 있는 말이다.

교육적 노력은 대부분의 보통 학생들에게 더 유효하다. 대부분의 보통 학생들은 부모나 교사의 지속적인 관심과 안내 그리고 노력이 요구된다.

부모의 관심과 안내는 학생들의 성장의 밑거름이 된다. 학생들은 이러한 밑거름 통해 충분한 자양분을 흡수할 때 큰 나무로 성장할 수 있게 된다. 그렇지만 부모나 교사의 지나친 관심과 안내는 더 나쁘다는 것도 명심할 필요가 있다. 과유불급, 중용이 답이라는 걸 잊지말자.

코로나19 상황에서의 여름방학

학생들은 기말고사가 끝나고 방학을 맞이하게 되는데 방학은 말 그대로 배움을 잠깐 내려놓는 것이다. 학생이든 교사든 그동안 열심히 달려온 만큼 휴식도 필요하다. 학생들은 학기 중에 교육과정을 소화하느라 하고 싶었는데, 시간이 없어 할 수 없었던 것을 할 수 있는 시간이기도 하다. 또 방학은 새학기를 준비하기 위한 시간이기도 하기 때문에 마냥 쉴 수만 있는 것은 아니다.

특히, 코로나19로 대부분의 학생들이 격주 등교를 하던 상황에서 맞이하게 되는 방학인 만큼 학생이나 학부모 입장에서 보면 걱정이 앞설 수 있다. 학생은 많은 시간을 어떻게 효율적으로 보내야 하는지에 대한 고민이 있을 것이고, 학부모는 자녀들의 생활 태도와 공부, 여기에다 식사까지 챙겨야 하기에 걱정이 배가 될 수밖에 없는 상황이다. 교사들 또한 각종 연수 참여, 방과후 수업 및 학교에 개설된 다양한 프로그램 운영, 2학기 전면등교를 위한 교재 연구, 백신 접종 등 오히려 학기 중 보다 더 바쁜 시간을 보내야 할지도 모른다. 이처럼 방학이라고는 하지만 학생, 학부모, 교사는 각자의 입장에서 또 다른 걱정으로 방학을 맞이해야 할 수밖에 없다.

이런 어려운 상황에서 학생과 학부모님들께 방학을 어떻게 보내야 하는지 몇 가지 말씀을 드려본다. 먼저 방학 계획 수립이다. 학생들은 방학이 되기 전에 방학을 어떻게 보낼 것인지 계획을 수립해야 한다. 방학이 시작되고 나서 계획을 수립하게 되면 늦는다. 물론 계획대로 움직여지지 않을 수는 있다. 그렇다고 해도 무엇을 어떻게 할 것인지를 계획한 사람하고 그렇지 않은 사람은 분명 다르다는 점을 명심해야 한다. 그리고 계획을 세울 때는 부모나 주변 사람들의 조언을 들어 참고할 수는 있으나 가능하면 혼자 스스로 수립해 보는 것이 좋다. 만약 부모가 시키는 대로 계획을 세웠다면 설령 계획한 대로 이행하여 무엇인가를 성공하였다고 해도 이는 아이에게 성공 경험으로 작용하지 못한다. 그래서 그런 성공은 아이의 자존감을 높이는데 별로 도움이 되지 못한다.

따라서 계획은 반드시 아이 스스로 수립할 수 있도록 하되, 도달하기 너무 어려운 계획을 수립하기보다는 어느 정도 노력을 하면 도달 가능한 것들로 그 내용을 채울 필요가 있다. 그 이유는 계획을 세우고 열심히 노력했음에도 목표에 도달할 수 없게 되면 아이들은 쉽게 포기하게 될 뿐만 아니라 오히려 자신감도 떨어지게 되기 때문이다. 그리고 극단적인 경우 이는 계획을 수립하지 않은 것만 못한 결과를 초래할 수도 있다. 특히 자존감이 낮은 학생일수록 더욱 그럴 가능성이 크기 때문에 신중해야 할 필요가 있다.

다음은 독서 교육이다.

독서는 아무리 강조해도 지나치지 않을 만큼 학생들의 정신적 성장에 꼭 필요한 교육이다. 요즘 학생들과 이야기를 하다 보면 깜짝 놀랄 때가 많이 있다. 학생들이 쉬운 단어조차 모르고 있어 단어에 대한 설명부터 해줘야 하는 상황이 종종 벌어지곤 하기 때문이다. 추측컨데 이런 문제가 발생하는 이유는 독서량의 절대적 부족 때문이라는 생각을 지울 수가 없다. 이처럼 독서 교육은 매우 중요하다. 그런데 독서는 많은 시간이 요구되는 활동이기 때문에 학생들이 학기 중에 독서에 집중하기가 쉽지 않다. 일단 시간이 절대적으로 부족하다.

따라서 방학을 이용해 독서 교육을 할 필요가 제기되는데, 무작정 아이에게 책을 주고 읽으라고 한다고 해서 독서 교육이 이루어지는 것은 아니다. 아이가 독서를 지속하기 위해선 독서 그 자체에 흥미를 느낄 수 있어야 한다. 이를 위해 우선 아이가 만화책을 선정하더라도 그 선택권을 아이에게 주어야 한다. 그리고 가능한 두께가 얇은 것을 선택해 아이가 책 한 권을 다 읽었다는 성공 경험을 할 수 있도록 해주는 것이 중요하다.

이렇게 할 때 자신감과 함께 흥미를 위한 동기유발이 가능해지기 때문이다. 코로나19라는 어려운 상황 속에서 맞이하는 방학. 학생,
학부모, 교사, 모두 보다 알찬 방학이 되길 기대해 본다.

▲봉명중학교 교정에서의 봉사활동

코로나19 속에서의 자유

요즈음 우리는 코로나19로 많은 생활 규제를 받고 있고, 한 번도 경험한 적 없는 '할 수 없음'이라는 문제로 어느 때보다 자유에 대한 소중함을 느끼고 있다. 아름다운 구속이라는 노래 제목도 있긴 하지만 자유에 대한 구속을 좋아할 사람은 아무도 없다. 이런 상황에서 나는 자유로운가? 라는 질문을 나 자신에게 던져본다. 우리의 하루하루의 삶을 되돌아보면 이러저러한 이유로 자유롭지 못하다는 것을 깨닫게 된다. 우리는 삶을 살아가면서 외적 통제도 받지만 스스로가 만든 내적 규제로 인해 자유롭지 못한 삶을 살기도 한다. 우리는 외적 규제를 받게 되면 불편함을 느끼고 어떻게 해서든 이러한 통제에서 벗어나려 한다. 하지만 스스로 만든 내적 규제에 대해서는 암세포가 온몸에 퍼져있어도 통증을 느끼지 못하는 것처럼 문제 의식을 갖지 못하는 경우가 많다.

예전에 읽었던 프랑스의 철학자 사르트르의 소설 〈자유의 길〉이 생각난다. 주인공 마티외는 마르셀이라는 여자와 7년 정도 계약 동거를 했고, 갑자기 아이가 생긴다. 아이가 생기자 마르셀은 마티외와 결혼할 생각을 한다. 그러나 마티외는 돈을 훔쳐다 주며 마르셀에게 아이를 낙태할 것을 권한다. 이런 마티외의 행동에 화가 난 마르셀은 마티외가 자신을 더 이상 사랑하지 않는다는 생각을 하고 다른 사람과 결혼을 한다. 사실 마티외는 아이를 낙태하고 결혼을 하려고 했던 것인데, 마르셀이 마티외의 마음을 오해했던 것이다. 이런 소설 내용을 이야기하면 사람들은 주인공 마티외의 생각을 잘 이해하지 못할 것이다. 결혼을 할 생각을 했다면서 왜 힘들게 돈을 훔쳐다 주면서까지 아이를 낙태하려고 한 것이지. 그냥 결혼을 하고 아이를 낳고 살면 될 텐데…아마도 대부분의 사람들은 이런 생각을 할 것이다.

하지만 생각을 좀 더 진행시켜 보면 마티외가 왜 그런 생각을 했는지를 이해할 수 있게 된다. 만약 아이가 생겨서 마르셀이 생각했던 것처럼 결혼을 하였고, 그러다 권태기가 찾아왔다면 두 사람은 어떤 생각을 할까? 아마도 아이만 아니었으면 저 사람과 결혼을 안 했을 것이라고 말하면서 후회를 할 가능성이 높다.

반면 마티외의 생각대로 낙태를 하고 결혼을 했다면 그리고 권태기가 찾아왔다면 어떤 생각을 할까? 두 사람은 우리가 사랑해서 결혼을 했고 지금은 권태기가 찾아와 어려움이 있지만 예전에 사랑했던 기억을 떠올리며 사랑을 다시 회복할 수 있을 것이라고 생각할지도 모른다. 아니 최소한 자신의 선택을 존중하고 지금의 상황을 아이 때문이라고 탓을 하지는 않을 것이다. 자유로운 선택, 이는 우리가 삶을 살아가면서 후회를 줄이는 중요한 한 방법이다.

우리는 코로나19로 인해 시간적, 공간적 제약뿐만 아니라 사회적 관계까지 많은 외적 제약을 받고 있다. 분명 답답함을 느끼는 사람들도 많을 것으로 생각된다. 그리고 1년이라는 오랜 기간 이런 생활이 지속되다 보니 이를 참지 못하고 일탈을 시도하는 사람들도 생겨나곤 한다. 분명 외적 규제는 우리를 불편하게 하고 답답하게 만든다. 하지만 이는 어쩔 수 없는 상황인 만큼 우리는 더 참아낼 수밖에 없다. 이런 상황에서 우리가 할 수 있는 것은 무엇일까?

스스로를 옥죄고 있는 내적 규제를 줄여 볼 것을 제안해 본다. 내적 규제는 암세포처럼 잘 느끼지 못하는 것이긴 하지만 우리는 스스로가 만든 내적 규제로부터 좀 더 자유로워질 필요가 있다. 이는 외적 규제로 삶이 제한되고 있는 상황에서 자유로운 삶의 영역을 넓히는 일이기도 하지만 우리의 삶을 반성하는 의미있는 일이기도 하다.

우리는 자신이 만들어 놓은 사고의 틀에서 벗어나길 두려워하기도 하지만 그러한 틀 속에서 사는 삶을 편하게 생각하기도 한다. 그래서 틀을 깨트리는 것을 싫어하거나 거부하기도 한다. 하지만 진정한 자유를 원한다면 과감히 그 틀을 깨야만 한다.

이 세상에 깨트리지 못할 사고의 틀은 없다. 이를 위해 독일의 철학자 니체는 "신은 죽었다." 라고 외쳤던 것이다. 나도 오늘부터 목을 조이고 있던 넥타이부터 벗어 던져 본다. 나의 자유를 위하여......

코로나19 상황에서의 교육
: 국민 대중가수 나훈아에서 답을 찾다

요즈음 학교는 코로나19로 많은 변화를 강제 당하고 있다.

우리 모두는 지금까지 한 번도 경험해 보지 못한 길을 걸어가야만 한다.

처음 가는 길이라 힘이 들고 두려움도 있다. 물론 설레임도 없지는 않다.

교사는 갑자기 원격수업이라는 낯선 환경에서 수업과 방역이라는 과제로 과부하가 걸려있다. 준비되지도 않은 상태에서 원하지도 않는 원격수업이라는 무대에 떠밀려 올라가 어떻게든 관객의 주의를 끌기 위해 목청껏 노래를 불러야만 한다. 게다가 주어진 본연의 업무 이외에 방역을 위해 매일 학생 지도와 소독, 열 체크 등 과중한 업무로 시달리고 있는 상황이다.

학생은 격주 등교와 온라인 클래스라는 온도 차이가 너무 큰 냉탕과 온탕을 왔다 갔다 하고 있다. 일주일은 컴퓨터 앞에 앉아 온라인 수업을 들어야 하고, 일주일은 하루 온 종일 마스크를 쓰고 수업을 들어야 한다. 온라인 쌍방향 수업도 이루어지고 있기는 하지만 온라인 수업을 위한 교육환경의 미비로 밀도 있는 수업을 하기가 쉽지 않은 것이 현실이다. 이런 상황 속에서 학생들은 어쩔 수 없는 교육 공백 하에 놓이게 될 수밖에 없다. 그리고 이러한 교육 공백을 메우기 위해 학원과 독서실을 전전하고 있다.

학부모는 집에서 온라인 수업을 들어야 하는 자녀들의 식사, 공부, 생활 계획 등을 챙겨야 할뿐만 아니라 자녀들의 학력 저하에 대한 걱정 등으로 이중 삼중의 고통을 겪고 있다. 특히 맞벌이 부부의 경우는 생계를 위해 자녀를 돌볼 수 없다는 자책과 함께 경제적 이유로 자녀를 학원이나 다른 돌봄 시스템에 의존하지도 못하는 경우 더 많은 어려움에 직면해 있다.

얼마 전 한가위 연휴 기간에 대한민국 어게인이라는 주제로 국민가수 나훈아의 공연이 있었다. 나훈아의 대한민국 어게인은 언택트 공연이었다. 언택트 공연은 가황 나훈아 입장에서도 낯선 상황이고 아마도 적응하기 어려웠을 것이다. 그러나 7개월이라는 충분한 준비 시간과 마치 200여 명의 스태프가 참여하는 것처럼 보이는 녹화작업 그리고 예술인으로서의 나훈아의 철학 등이 낯선 비대면 공연에서도 대성공을 거둔 원동력이 되었다. 나훈아의 음악에 대한 열정(진정성)은 무대를 준비하고 같이 공연을 하는 사람들로부터 존경받을 만하였고, 무대를 구현하는 데는 돈을 아끼지 않았지만 정작 자신은 노개런티로 공연을 하였으며, 한곡 한곡 부를 때마다 따뜻한 이야기와 해학을 담아 코로나19로 지쳐있는 많은 사람들의 마음을 어루만져 주었다. 이런 노력들이 모여 시청률 29%라는 대기록을 달성할 수 있었던 것이 아닌가 생각한다.

특히 그가 부른 테스 형은 코로나로 힘들어하는 국민들의 마음을 대변하는 것 같아 사람들로부터 많은 사랑을 받고 있다. 잠깐 몇 구절 따라 불러보자.

"아 테스 형 세상이 왜 이래, 왜 이렇게 힘들어, 아 테스 형 소크라테스 형 사랑은 왜 이래 너 자신을 알라며 툭 내뱉고 간 말을 내가 어찌 알겠소 모르겠소 테스 형~."

이러한 국민가수 나훈아의 언택트 공연은 코로나19로 어려움을 겪고 있는 우리에게 어떻게 코로나19라는 상황을 극복해야 하는지를 알려주는 희미하지만 우리의 갈길을 안내하는 희망의 불빛 같았다.

교육 가족들 모두 코로나19로 인해 낯선 환경에서 최선을 다해 자신의 역할에 충실히 임하고 있다.

하지만 갑자기 찾아온 낯선 환경은 그리 만만하지가 않아 어디로 가야 하는지 그 길을 찾기 쉽지 않다. 그 길에 대한 답을 우리는 나훈아의 언택트 공연에서 찾을 수 있지 않을까 생각한다.

철저한 준비와 열정 그리고 코로나19로 인해 지쳐있는 교사, 학생, 학부모가 서로의 마음을 어루만져 줄 수 있는 말 한마디가 무엇보다 필요한 때이다. 소크라테스가 "너 자신을 알라." 라고 하여 사람들의 무지를 일깨워 주려고 하였듯이, 우리 모두가 테스형이 되어 서로의 무지함을 일깨워 주려고 노력한다면 그래서 서로가 서로에게 등불이 되어준다면, 이 어려운 세상을 함께 헤쳐나갈 수 있는 길을 찾을 수 있을 것이라 생각한다.

평가의 의미

요즘 학교에선 기말고사가 한창이다.

학생들은 긴장 속에서 밤잠을 설쳐가며 공부에 매진하고 있다. 학부모도 예외는 아니다. 아이들이 밤늦게까지 공부를 하면 부모도 편히 잠을 잘 수 없어 노심초사하며 같이 밤을 지샌다. 교사는 혹여 시험관리에 문제가 발생하지 않을까 그리고 문제 출제에 오류는 없는지 등등으로 고민에 고민을 거듭한다. 이처럼 평가는 평가자와 피평가자 누구에게나 어려운 과정이 된다. 기말고사는 한 학기를 정리하는 시간이다. 학생들은 기말고사를 통해 한 학기 동안 공부한 것을 평가받는 것이다.

그런데 학생들이 받는 평가는 중간·기말고사만 있지 않다.

학생들은 교육과정을 이수하는 과정에서 다양한 평가를 받게 된다.

중간·기말고사는 그러한 다양한 평가 중 하나일 뿐이다. 학생들이 교육활동 중 받게 되는 평가를 분류해 보면 다양한 명칭의 평가가 존재한다. 평가 방법에 따라 분류하면 수행평가와 지필평가가 있고, 평가 기능에 따라 분류하면 진단평가, 형성평가, 총괄평가가 있으며, 평가 기준에 따라 분류하면 준거지향평가인 절대평가와 규준지향 평가인 상대평가가 있다. 그리고 현재 학교 현장에서 학생활동 중심 수업이 강조되면서 수행과정을 평가한다는 과정 중심평가와 이에 대비되는 결과 평가가 있다. 여기에서 중간·기말고사는 지필평가, 총괄평가, 규준지향 평가이며, 결과 평가라고 할 수 있다.

학생들은 이러한 지필평가, 총괄평가, 규준지향평가, 결과 평가인 중간·기말고사를 통해 자신의 점수와 등급을 확인하게 되고 자신이 속한 집단의 어디에 위치 하는지를 파악하게 된다.

이 과정에서 학생들은 부모나 교사로부터 칭찬과 힐책을 받기도 한다. 평가는 이처럼 외적 평가도 받지만 여기에서 그치는 것이 아니라 자기평가로 이어지게 된다. 그래서 자신의 노력에 대해 스스로를 칭찬을 하기도 하고 자신의 노력 부족에 대해 자책을 하기도 한다.

즉, 노력을 통해 기대한 목표에 도달하면 자기 효능감을 갖게 되며 더 큰 도전을 계획하고 실행에 옮기게 되지만, 기대치에 도달하지 못하면 성찰을 통해 자신의 노력에 무엇이 문제였는지를 파악하게 되고 그 문제점을 보완하려 한다.

이제 4차 산업혁명과 함께 학생 수가 급감하면서 사회의 변화와 함께 수업과 평가에도 변화를 요구하는 사람들이 늘어나고 있다. 이들의 주장에 따르면 미래사회는 학생 수의 급감으로 학생들을 서열화하고 경쟁을 유도하는 상대평가는 더 이상 필요하지 않으며 4차 산업혁명으로 인해 학생들에게 요구되는 능력은 창의성, 자기 주도성, 고차적 사고력이라는 것이다.

따라서 과거의 획일적 지식 위주의 교육에서 벗어나 학생들이 주도적으로 참여하여 역량을 기를 수 있는 학생활동 중심 수업과 이에 따라 수행과정을 평가하는 그래서 평가를 서열화가 아닌 피드백에 의미를 부여하는 과정 중심평가와 절대평가로의 방향 전환이 요구된다는 것이다.

그리고 이러한 요구는 큰 물줄기가 되어 교사들 사이에서 발생할 수 있는 다양한 주장들을 다 휩쓸고 내려가 이러한 물줄기를 따라 내려가지 않으면 안 될 것 같은 불안감이 밀려오기도 한다.

그렇다면 진정 이들의 주장처럼 미래사회는 서열화와 경쟁이 필요 없는 사회라는 말인가? 그런 사회가 이상적이긴 하지만 선뜻 동의 되지 않는 이유는 무엇일까? 사회적 존재인 우리는 서열화와 경쟁 없이 살 수 없을 뿐만 아니라 서열화와 경쟁은 부정적 의미만 있는 것이 아니라 개인과 사회의 발전을 위해 꼭 필요한 요소이다.

우리는 사회적 비교를 통해 집단 내에서 자신의 위치를 파악하게 되고 그 과정에서 동기 유발될 뿐만 아니라 도전을 통해 무엇인가를 성취함으로써 자기 효능감을 갖게 되며 이러한 과정을 통해 개인적 성장을 도모할 수 있게 된다. 이러한 면에서 경쟁과 서열화는 불가피한 일이다.

의사결정 과정에서 다수결의 원리가 최선이 아닌 최후의 방법인 것처럼 기존의 지필평가, 상대평가 방식도 최선의 방법은 아니나 현실을 반영한 최후의 방법이라는 점을 잊지 않았으면 한다.

피그말리온 효과 : "당신이 바라는대로 이루어 집니다."[*]

피그말리온 효과

교육심리학 용어에 피그말리온 효과라는 말이 있다.

피그말리온은 그리스신화에 등장하는 키프로스의 왕으로 조각가였다. 그는 키프로스의 많은 여성들을 바라보아도 맘에 드는 여성이 없어 직접 이상적인 여인을 조각하기로 마음먹었다.

정성을 들여 조각한 여인상이 너무도 맘에 들어 그 조각상을 사랑하게 되었고, 그 조각상의 이름을 갈라테라 이름까지 붙여주고 옷과 장식품을 걸어 주면서 자신의 행복을 찾았다. 어느 날 미의 여신 아프로디테 여신을 위한 축제가 있는 날에 피그말리온은 제물을 바치며 자신의 소원을 들어달라고 부탁을 하였다. 그 소원은 조각상과 닮은 여성을 만나게 해 달라는 것이었고 피그말리온의 정성에 아프로디테 여신은 그 조각상에 생명을 불어넣어 주었고 피그말리온은 조각상인 갈라테아와 결혼해서 행복하게 살았다는 신화로 우리는 이 신화로부터 불가능하게 여겨지는 것도 열정을 갖고 간절히 소원하면 반드시 이루어질 수 있다는 교훈을 얻을 수 있다.

2021년 수능시험 일이다. 요즈음은 수시 학생부 종합전형으로 대학을 가는 학생들이 많아 수능을 예전처럼 중요하게 생각하지 않는 사람들이 있긴 하지만 그래도 수능은 학생이나 학부모에게 중요한 시험이다. 이 한 번의 시험으로 대학 입학이 결정되기 때문이다.

물론 2021학년도 입시에서는 정시의 비율이 23%정도로 수시 77%에 비하면 절대적으로 그 비율이 적긴 하지만 이것은 수치상의 비율이고 실질적으로는 더 높은 것이 현실이다. 여하튼 아직도 수능은 수험생들의 인생을 좌우하는 중요한 시험인 것은 분명하다.

코로나19로 안 그래도 심적으로 부담감이 큰 상황에서 하루 종일 마스크를 쓰고 시험을 치러야 한다. 게다가 칸막이까지 설치될 예정이라 그 답답함은 이루 말할 수 없을 것으로 예상된다.

이럴 때 일수록 차분한 마음가짐이 중요하다. 긴장하다 보면 예민해지고 모든 것이 거슬리게 된다. 피할 수 없으면 즐기라는 말이 있지 않은가. 수능은 대한민국에서 고등학교를 다니는 사람이라면 누구나 거쳐야 하는 통과의례 같은 것이다. 나만 이런 불편함과 힘듦을 견디는 것이 아니다. 다른 사람도 다 견뎌야 하는 일이다.

사실 성숙된다는 것은 참을성이 많아지는 것을 의미한다. 대나무는 곧게 자라기 위해 마디를 만든다.
대나무는 성장과 휴식을 반복하는데 휴식 기간에 영양분을 축적하면서 마디를 만들고 축적된 영양분으로 성장을 하며 곧게 자라게 된다.

힘듦을 참고 견디는 일은 대나무가 마디를 만드는 과정과 같은 것이다. 개구리가 높이 도약하기 위해 몸을 움츠리듯이, 이제 이번 힘든 일만 잘 견디고 넘긴다면 또 하나의 마디를 만들게 되고 새로운 대학 생활과 함께 곧게 성장해 갈 것이다.

중요한 것은 절실한 마음이다. 어떤 부모님은 아이의 수능 만점을 기원하기 위해 백일기도를 하는가 하면 어떤 부모님은 자녀와 생활을 같이하기도 한다. 자녀가 늦게까지 공부를 하면 부모도 잠을 자지 못하고 노심초사하는 마음으로 곁을 지키고, 자녀가 스트레스로 밥을 먹지 못하면 같이 밥을 굶는다. 피그말리온 효과의 교훈을 다시 생각해보자. 절실하면 안 되는 일은 없다. 문제는 얼마나 절실한가 하는 것이다. 열망과 절실함이 크면 마스크와 칸막이의 답답함은 느껴지지 않을 수 있다.

학부모님들의 절심함과 수험생의 절실함이 합해진다면 아마도 모든 수험생들이 유치원 입학부터 지금까지 갈고 닦은 실력을 유감없이 발휘할 수 있을 것이다.

그리고 수험생 모두가 자신들이 원하는 대학에 진학하길 바라는 나의 절실한 마음까지 더해 진다면 분명 모든 수험생이 자신의 역량을 충분히 발휘할 수 있게 될 것이다.

우리 모두 절실한 마음으로 파이팅해 보자.

Part 4
교육의 힘은 놀라워!
나는야 교육바라기

두루두루 함께 공존하는 세상이 왔으면 좋겠다.

학교폭력과 품성교육 I

학교폭력이란, 학교 내외에서 학생을 대상으로 발생한 신체 · 정신 또는 재산상의 피해를 수반하는 행위를 말하는데, 여기에서 우리가 주목해야 하는 것은 피해자가 학생이라면 가해자가 누구든 또 어디에서 발생하든 학교폭력에 해당한다는 점이다.

지난해 청주 오창에서 중학교 학생 2명이 자살을 한 안타까운 사건이 있었다. 사건의 전말은 자세히 알 수 없으나 학생들은 분명 의붓아버지라는 사람에 의해 자행된 성폭력, 즉 학교폭력에 의해 타살된 것이다.

그 학생들이 극단적 방법인 자살이라는 방법을 선택할 수밖에 없도록 사회가 만든 것이다. 아니 이는 선택이 아니라 강요된 것이고 자살이 아니라 타살인 것이다. 한마디로 사회적 강요에 의해 타살된 것이다.

그런데도 이를 단순 자살로 보았는지 충북교육청은 각급 학교에 자살예방 교육을 강화할 것을 지시하였다. 충북교육청의 사건에 대한 인식이 아쉽다. 만약 교육청이 이 문제를 학교폭력으로 제대로 바라보았다면 교육청은 자살예방 교육이 아니라 학교폭력 예방교육을 강화할 것과 사회 안전망을 제대로 구축하지 못한 것에 대한 반성으로 사회 안전망 구축에 대한 방안을 제시했어야 했다.

우리는 모든 수단을 다 동원해서라도 한명의 아이들도 학교폭력으로 고통스러워하지 않을 수 있도록 만전을 기하지 않으면 안 된다. 어찌해야 할까. 고민에 고민을 거듭해 본다.

학교폭력을 해결하기 위해선 먼저 학교폭력이 누구에 의해, 어디에서, 어떻게, 왜 일어나는지 그 실태부터 파악할 필요가 있다는 생각이 든다.

2020년 학교폭력 실태조사에 의하면 학교폭력 가해학생 중 48.7%가 같은 학교 같은 반 학생이었다. 그리고 학교폭력이 발생한 장소는 학교 안이 63%로 가장 높았고 학교 안 중에서도 교실 안이 31.5%로 나타났다. 이는 학교폭력이 일상적으로 일어나고 있음을 의미하는 것이다.

일상적으로 학교폭력이 일어난다는 것은 그만큼 피해학생들 입장에선 더 끔찍할 수밖에 없다. 가끔 가는 곳에서 어쩌다 마주치는 사람들로부터 학교폭력이 발생한다면 그곳에 가지 않으면 되고 그런 사람과 마주치지 않으면 된다.

하지만 매일 마주쳐야만 하는 사람들로부터 일상생활이 이루어지는 곳에서 발생한다면 아이들은 더 절망적일 수밖에 없다.

그리고 학교폭력 피해 유형을 보면 언어폭력 33.6%, 집단 따돌림 26%, 사이버 폭력 12.3%, 신체폭력 7.9%, 스토킹 6.7%, 금품갈취 5.4%, 강요 4.4%, 성폭력 3.7% 등으로 나타났다. 언어폭력과 집단 따돌림이 절반이 넘는다. 잘못 생각하면 언어폭력과 집단 따돌림을 가볍게 생각할 수 있지만 피해 학생의 입장에선 가볍게 던지는 말 한마디 한마디가 절대 가볍지 많은 않다. 오히려 쉽게 일어나기에 그 위험이 밖으로 드러나지 않을 수 있고 주변 사람들도 그 심각성을 깨닫지 못할 수 있다는 것을 알아야 한다.

게다가 학교폭력을 저지른 이유를 물어보면 가장 비율이 높은 것이 '상대방이 먼저 괴롭혀서' 21.6%였고, '장난이나 특별한 이유 없이' 라는 응답도 16.5%로 그리고 '다른 학생의 행동이 마음에 안 들어서' 가 13.%, 화풀이 또는 스트레스 때문에'가 13.7%로 분석되었다.

여기에서 주목할 것은 장난이나 특별한 이유가 없는데도 학교폭력이 발생하고 있고 심지어는 재미있어서' 또는 다른 아이들도 다 하니까' 라는 이유를 말하는 학생들도 있다.

이처럼 학교폭력은 일상적으로 매일 마주치는 사람으로부터 특별한 이유도 없이 발생하기에 해결하기도 어렵고 피해 학생들의 입장에선 더 아프고 고통스러울 뿐만 아니라 벗어나기도 쉽지 않는 생각을 하게 되는 것이고, 결국 아이들은 절망 속에서 극단적 선택을 하도록 내 몰리게 되는 것이다. 이를 해결하기 위해선 인식의 전환과 함께 품성교육을 통한 예방이 필요하다는 생각을 해본다.

▲ 율량중학교 선생님들과 학생들의 미래를 위한 약속 캠페인

학교폭력과 품성교육 II

학교폭력을 예방하기 위한 방안으로 인식의 전환과 품성교육에 대해 생각해 보고자 한다.

학교폭력을 예방하기 위해선 우선 피해자 중심으로의 인식의 전환이 요구된다. 학교폭력을 가해자 입장에서 생각하고 예방책을 마련하게 될 경우, '왜 학교폭력을 행사하게 되는가' 와 '어떻게 하면 학교폭력을 방지할 수 있을까' 에 집중하게 되고 그렇게 되면 학교폭력의 예방을 위한 방안을 제대로 마련하기 쉽지 않게 된다.

따라서 시선을 피해자 중심으로 전환해야 한다. 피해자의 시선으로 그들이 겪을 수 있는 어려움을 미리 예측하고 대책을 세워야 한다.

그렇게 되면 보다 촘촘한 예방책을 생각해 볼 수 있게 되고, 피해자들도 기댈 수 있는 곳이 있다는 인식을 할 수 있는 방안을 마련할 수 있게 될 것이다.

다음은 품성교육인데, 품성교육을 위해선 품성의 요소를 무엇으로 볼 것인가를 우선적으로 생각해 보아야 한다. 인간은 사회적 존재이다.

따라서 품성도 사회적 존재로서의 품성일 수밖에 없다. 그렇다면 우리가 어떤 사람을 보고 '저 사람은 훌륭한 품성을 지녔어' 라고 말을 할 때 그런 사람은 어떤 사람일까? 대체로 훌륭한 품성을 지닌 사람은 자신의 일과 행위에 대해 책임을 지는 사람, 나와 생각이 다르고 모습이 다른 사람을 있는 그대로 존중하는 사람, 즉 관용할 줄 아는 사람 그리고 다른 사람의 아픔을 공감하고 상대방을 배려할 줄 아는 사람이 아닌가 하는 생각이 든다. 물론 이러한 주장에 동의하지 않을 수는 있을 것이다.

하지만 여기서는 훌륭한 품성의 요소를 두고 갑론을박하고 싶지는 않다. 왜냐하면 여기서 제시한 훌륭한 품성의 요소는 주관적 판단에 따른 것이긴 하지만 훌륭한 품성의 요소로 보는 데는 아무런 문제가 없다고 판단되기 때문이다. 게다가 책임 의식이 강하고, 관용 정신을 지니고 있으며, 공감과 배려 정신이 있는 사람이라면 이런 사람은 학교폭력과 무관한 사람일 것이라는 판단이 들기 때문이다.

여기에 동의한다면, 이제 품성교육을 어떻게 할 것인지 그 방법에 대해 생각해 보자. 품성교육의 방법으로 다양한 방법을 생각해 볼 수 있지만 더하기 빼기 교육 방법을 제안해 본다.

사람의 품성에는 부족한 점이 있으면 채워주고 더해줘야 한다. 하지만 좋지 않은 부분이 있다면 이는 억제하거나 빼줘야 한다.

이렇게 할 때 훌륭한 품성교육이 가능해 질 수 있다. 우리는 일반적으로 교육을 말하면 더하기에만 집중하는 경향이 있다. 심지어 빼기 교육은 교육으로 생각하지 않는 사람들도 있다.

그런데 진정한 품성교육은 더하기도 중요하지만 빼기도 중요함을 알아야 한다.

더하기를 통한 품성교육은 책임의식, 관용정신, 공감과 배려 정신을 더 크게 하고 더 풍부하게 하는 교육으로 학교에서 할 수 있는 교육활동 중 다양한 방법을 생각해 볼 수 있을 것이다. 그런데 우리가 가볍게 생각해선 안 되는 활동이 공동체 활동이다.

요즈음은 자유와 개인주의가 강조되다 보니 공동체의 중요성은 상대적으로 약화되고 있다. 품성교육을 위한 학교폭력 예방을 위해선 공동체 활동을 더 강화할 필요가 제기된다. 예를 들면 캠프 활동, 스포츠 클럽

활동, 동아리 활동, 토론 활동 그리고 친구의 손을 잡아볼 수 있는 놀이 등이 하나의 방법이 될 수 있을 것이다.

빼기 교육을 통한 품성교육은 바람직하지 못한 행동을 하지 못하도록 억제하는 교육으로 학교폭력을 예방하기 위해선 자신의 행위에 대한 변명, 피해자에 대한 비인간화, 책임의 분산이나 책임 전가, 자신의 행위를 장난이었다고 말하는 완곡 어구의 사용, 피해자에게 비난을 돌리는 행위, 자신의 행위 때문에 피해자가 잘못된 것이 아니라는 행위의 결과를 왜곡하는 행위, 자신의 행위는 다른 사람보다 잘못한 게 아니라는 유리한 비교 등을 하지 못하도록 해야 한다.

이러한 작은 노력들이 모여 언젠가는 학교폭력 사라지길 기대해 본다.

▲청주중학교 학교폭력 예방캠페인

▲학교폭력 예방캠페인 포토존 앞에서 사진 찍는
청주중학교 학생들

학생들이 주도적으로 토론하고 학습 활동을 하기까지… *
많은 생각을 하게 된다.

학생 활동 중심수업

요즈음은 학교 현장에서는 학생 활동 중심수업을 강조하고 있다.

학생 활동 중심수업을 위한 방법으로는 토론 수업, 질문 수업, 프로젝트 수업, 거꾸로 수업 등이 있다.

이러한 수업 방법이 강조되는 이유는 학생 활동 중심수업은 학생들이 주도적으로 학습을 수행할 수 있고, 배움이 이루어진다는 점에서 과거의 교사 중심의 강의식, 주입식 수업에 대한 대안이 될 수 있다는 판단에 따른 것이다.

학교 현장에서 학생 활동 중심수업이 강조되기 시작한 것은 어림잡아 6~7년 정도 된 것 같다. 이제 어느 정도 자리를 잡을 때도 된 것 같은데 실상은 그렇지 못하다. 많은 교사가 학생 활동 중심 관련 연수를 들었고, 교육청에서도 4차 산업 혁명에 대비하기 위한 교육 방법으로 학생 활동 중심수업이 강의식 수업의 유일한 대안이라는 측면에서 강조를 해 온 것 또한 사실이다. 그럼에도 아직 학생 활동 중심수업이 정착이 되지 못한 이유는 무엇일까?

먼저 시스템 상의 문제일 것으로 생각된다. 학생 활동 중심수업이 원활히 이루어지기 위해선 학급당 학생 수가 20명을 넘으면 어렵다고 판단된다. 그런데 아직 학급당 학생 수는 학교마다 차이는 있지만 대체로 30명을 기준으로 편성이 되어있다. 30여 명의 학생들을 데리고 학생 활동 중심수업을 한다는 것은 쉽지 않은 일이다. 팀별로 5~6명씩 조를 편성하여 활동을 한다고 하더라도 교사 한 명이 30여 명의 학생을 관찰하고 학생들의 수준에 맞게 조력자로서의 역할을 한다는 것이 생각만큼 쉬운 일이 아니기 때문이다. 그렇다보니 학생 활동 중심수업이 제대로 이루어지기 어렵고 무늬만 학생 활동 중심수업을 하고 있다고 할 수 있다.

다음은 입시에 대한 부담이다. 교사와 학생들은 정해진 교육과정에 따라 교과 진도를 나가야 한다. 학생 활동 중심수업은 한 시간에 많은 양의 교과 내용을 가르칠 수 없다.

만약 어떤 교사가 지속적으로 학생 활동 중심수업을 한다면 그는 진도를 포기해야만 할 것이다. 이는 교사나 학생들에게 교과 내용을 다 배우지 않고 수능을 봐야 한다는 부담으로 다가올 수밖에 없다. 따라서 입시를 치루어야 하는 학생이나 교사에게 학생 활동 중심수업은 한계가 있을 수밖에 없다.

마지막으로는 학생 활동 중심수업에 대한 훈련 부족이다. 학생 활동 중심수업은 학생들이 활동을 주도해야 하는 만큼 학생 활동에 대한 구체적이고 체계적인 훈련이 요구된다. 예를 들어 토론 수업을 하려면 토론하는 방법에 대한 훈련이 선행되어 학생들이 자연스럽게 토론을 이끌어 갈 수 있어야 한다. 그런데 그런 방법에 대한 훈련도 없이 그냥 어떤 주제를 주고 토론만 하라고 하면 학생들은 토론을 할 수 없어 시간만 보낼 수밖에 없다.

이는 학생들에게 고기를 잡아주는 것보다 잡는 방법을 알려주는 것이 중요하다고 하면서 물에 들어가서 고기를 잡아보라고만 하는 것과 유사한 것이다. 고기 잡는 방법에 대한 구체적인 안내와 훈련 없이 물에 들어가 고기를 잡아보라고 한다고 해서 학생들이 고기 잡는 방법을 배울 수 있는 것은 아니다. 학생들과 같이 물에 들어가 고기 잡는 방법에 대한 자세한 안내와 함께 시범을 보여주고, 잘하고 있는지 관찰하면서 잘못된 부분이 있으면 고쳐주는 행위를 반복해야만 고기 잡는 방법을 배울 수 있다.

이처럼 우리의 교육 환경에서 볼 때 학생 활동 중심수업은 쉽게 정착하기 어려울 것으로 보인다. 그리고 교육은 그것이 무엇이든 어느 한 가지 방법만으로 고집할 필요는 없다. 학생 활동 중심수업은 분명 학생들 스스로 배움을 이루어나간다는 점에서 많은 장점을 지닌 수업 방법임에는 틀림없다.

하지만 아무리 좋은 방법도 현실에 맞지 않는다면 그 장점을 충분히 발휘할 수 없다. 따라서 학생 활동 중심수업이 잘 정착되기 위해서는 먼저 교육 환경에 대한 개선과 함께 활동 방법에 대한 구체적이고 체계적인 안내와 훈련이 선행되어야 한다. 그리고 더 중요한 것은 어떤 수업 방법을 사용할 것인지는 전문가인 교사에게 맡겨두면 될 것으로 보인다.

▲청주중학교 학생 자치 리더십 캠프

창의적 리더 세종대왕과 한글날

10월 9일은 한글날이다.

그 기원을 보면 우리의 고유의 문자 체계인 한글을 기념하는 날을 제정하려는 노력은 이미 일제강점기 때에 시작되었다. 1926년 11월 4일 조선어연구회(한글학회의 전신)가 주축이 되어 매년 음력 9월 29일을 '가갸날'로 정하여 행사를 거행했으며, 1928년에 명칭을 '한글날'로 바꾸었다고 한다. 1932, 1933년에는 음력을 율리우스력으로 환산하여 양력 10월 29일에 행사를 치렀으며, 1934~45년에는 그레고리력으로 환산하여 10월 28일에 행사를 치렀다.

지금의 한글날은 1940년 〈훈민정음〉에 발견된 해례본 말문에 적힌 "정통11년9월상한(正統十一年九月上澣)"에 근거한 것으로, 이를 양력으로 환산해보면 1446년(세종 28) 10월 9일 이어서 1945년에 10월 9일로 확정되었던 것이다.

한글은 우리 모두 알고 있듯이 세종대왕의 노력으로 창제된 것이다.

세종은 일반 민중이 글자 없이 생활하면서 인간으로서의 권리를 제대로 찾지 못하고 있음을 마음 아프게 여겨 백성을 가르치는 바른 소리인 훈민정음을 만든 것이다. 훈민정음 서문에 "우리나라 말이 중국과 달라, 한자와는 서로 통하지 않아서 이런 까닭으로 어리석은 백성이 말하고자 하는 바가 있어도 마침내 제 뜻을 말하지 못하는 사람이 많다. 내가 이를 가엾게 여겨 새로 스물여덟 글자를 만드니 모든 사람이 쉽게 익혀서 날마다 쓰는 데 편하게 하고자 할 따름이다." 라고 적혀있는 것을 보면 당시에 백성의 생활이 어떠했는지 짐작이 간다. 여기에서 백성(民)들은 사대부가 아닌 일반 서민들로 억울한 것이 있어 관청에 호소를 하려 해도 호소할 길이 없었고, 재판을 받아도 자신을 변호할 능력도 없었으며, 편지를 쓰려고 해도 편지를 쓸 수가 없었다.

또 농사일에 관한 간단한 기록을 하고 싶어도 할 수가 없었다. 한마디로 백성들의 글자 생활은 극도로 빈곤한 상태였다고 할 수 있다. 이를 애처롭게 여긴 세종은 백성들의 아픔을 조금이라도 덜어주고자 하는 마음으로 훈민정음을 창제한 것이다.

이런 면에서 보면 세종은 정보혁명을 이룬 최초의 인물이라고 할 수 있다. 지금 우리는 정보혁명을 넘어 4차 산업혁명 시대를 맞이하고 있다. 당시로 볼 때 세종의 노력은 가히 혁명적이라 아니 할 수 없다. 그는 창조적 리더로서 소통을 중시하였다. 매일 오전에는 누군가와 윤대(輪對)인 독대를 통해 대화를 하였고, 점심에는 경연에 나이 든 관료들과 집현전의 젊은 학자들을 동시에 참여시켜 그들로부터 배우려고 하였으며, 저녁에는 구언(求言)을 통해 백성들의 이야기를 들었다. 세종의 이러한 노력은 소통을 통해 문제 의식을 갖고자 한 그의 창의적 사고 때문일 것이다.

갑자기 이런 생각을 해본다. 왜 세종 조에만 유독 창의적 인재가 많았을까? 과학에 이천과 장영실, 학문적으로는 성삼문 같은 집현전 학자들, 음악에는 박연, 관료로는 황희 그리고 국방으로는 대마도와 여진족 정벌에 성공한 최윤덕과 6진을 개척한 김종서 등등. 진정 세종조에만 인재가 특별히 많이 태어난 것일까? 아마도 그것은 세종이라는 임금이 창조적 리더로서의 역량을 갖추고 있었기 때문은 아닐까? 하는 생각이 든다.

세종은 백성들을 가르쳐 인간다운 삶을 살도록 하고자 했다는 점에서 훌륭한 교사였고, 신분을 넘어 많은 창의적 인재를 발굴하여 국가의 발전을 위해 자신의 능력을 발휘할 수 있도록 환경을 조성해 주었다는 면에서는 창조적 사고를 지닌 소통하는 리더였다고 할 수 있다.

세종은 지금의 입장에서 보면 사회 정의를 실현한 사람이기도 하다. 사람들에게 공정한 기회를 보장해 주려고 하였고, 소외된 계층에게는 그들의 아픔을 함께 아파하며 그들의 아픔을 덜어주려 했다. 세종은 진정 대왕이고 민본정치를 실현한 성군이다. 한글날을 맞이하여 백성의 아픔을 가엾이 여겨 훈민정음을 창제한 세종대왕의 훌륭한 모습에 고개를 숙여 감사한 마음을 전해본다.

＊

매일 보는 교실 풍경인데도,
괜스레 3월만 되면 긴장이 되고 새로운 느낌이 든다.

행복한 3월을 보내며

3월에는 모든 학교가 정신없이 바쁘다.

더구나 코로나19가 불안정한 상태에서 개학을 하였으니 선생님과 학생들은 얼마나 긴장을 하고 3월을 보냈을까 하는 생각을 해본다. 새로운 꿈과 희망을 가지고 입학을 한 일학년 새내기들은 아직은 초등학생티를 벗진 못했지만 의젓해 보이려고 노력하는 모습이 왠지 우수꽝스러우면서도 귀엽기만 하다. 개구리 올챙이 시절 모른다고 그 누구도 못 말리는 질풍노도의 시기를 살고 있는 2학년 학생들은 동생들이 있기에 나름 폼을 잡아보려 애쓰는 모습이 멋져 보인다. 3학년 학생들은 학교에서 최고 학년인지라 의젓해 보이고 후배들에게 책잡히지 않으려고 학교생활에도 아주 적극적이다. 이제 학교생활도 3년째라 친구들이나 선생님들과의 관계에서도 친근함이 묻어나고 모든 교육활동에도 모범을 보이려 열심히 참여한다. 각자의 위치에서 열심히 학교생활을 하고 있는 우리 아이들을 보고 있으면 그저 고마울 뿐이다.

봉명동에 자리잡은 봉명중학교는 1987년 개교하여 올해로 34년을 맞이하였다. 초창기 봉명동은 청주지역에서 일찍 개발이 된 곳으로 교육환경과 주거환경이 좋았었다. 그런데 주변에 신도시가 개발되면서 상대적으로 봉명지역이 청주 타 지역에 비해 주거환경이 낙후 된 면도 없지는 않다. 하지만 주변에 시민들이 쉴 수 있는 백봉공원이 자리잡고 있는가 하면 봉황제라는 지역 축제를 매년 실시하여 주민들 간에 화합하고, 공동체 의식을 함양하는 면에서 자랑할 것이 많은 곳이기도 하다. 특히 주변에는 공단도 조성되어 있어서 우리의 경제성장에도 기여하는 바가 크다.

우리 학교는 세계화 시대를 맞이하여 타 학교에 비해 다문화 학생이 많은 편이다. 다양한 문화를 가진 학생들이 서로 어울려 살아간다는 면에서 학생들에게 좋은 교육적 본보기가 되고 있다.

우리 학교는 다문화 학생들을 위한 한국어반을 운영한다. 한국어반은 한국어를 전공한 선생님과 원주민 출신의 선생님이 다문화 학생들이 학교생활 및 사회생활에 빨리 적응할 수 있도록 언어 및 문화를 가르치는데, 우즈베키스탄, 카자흐스탄, 우크라이나, 러시아, 베트남, 중국, 몽골 등 국적도 다양하다. 아마도 아이들이 자라나 사회의 중추적 역할을 할 시기가 되면 다문화 교육을 받은 우리 아이들은 국적과 국경이 허물어진 하나의 지구촌에서 살아갈 것이다. 우리 학교의 다문화 교육은 서로를 존중하며 서로의 문화를 이해하는 좋은 기회가 될 것이고, 코로나19로 해외여행을 가지 못하는 상황에서 자연스럽게 다양한 국가의 문화를 익히게 되는 계기가 될 것이다. 이러한 면에서 봉명중학교의 교육환경과 인문환경은 다른 학교에 비해 많은 장점을 지닌 학교라는 점에서 자랑할 만하다.

선생님들의 일상은 너무도 바쁘다.

코로나19가 없던 시절에도 3월은 선생님과 학생들이 서로를 알고 이해하는 시기이며, 여러 가지 업무로 말 그대로 눈코 뜰 사이 없이 바쁜 시기이다. 그런데 작년에 이어 올해도 코로나19로 각종 방역 업무가 추가되어 평소보다 일찍 출근하여 체온 검사를 하고, 소독을 하는 등 과중한 업무로 선생님들의 피로감은 계속 쌓여만 가고 있다. 고생하시는 선생님들을 보고 있으면 미안하고 고마운 마음이 앞선다. 그리고 이런 극한상황에서도 항상 밝게 웃으며 학생들을 대하는 선생님들의 모습에서 윤형

주 가수가 작사 작곡한 '사도의 길'이라는 노래가 생각난다.

"내가 하늘을 그리면 어느새 아이들은 새가 된다. 내가 산을 그리면 어느새 아이들은 나무가 된다. 때로는 힘들지만 쉬운 길이 어디 있어. 내가 택한 스승의 길 어찌 편하길 바랄까. 이 세상에 한 아이만 남더라도, 나는 그의 스승 자랑스런 스승이다. 사랑하고 가르친다. 내 시간 태워 이 세상 스승의 길 ......"

코로나19의 어려운 여건 속에서도 묵묵히 아이들을 위해 열정을 다하시는 모든 선생님들께 박수와 함께 학부모님들의 관심과 힘찬 응원을 기대해 본다.

▲봉명중학교 학생들과 힘찬 파이팅

폐행 정치

전에 티비에서 차이나는 클라스라는 프로그램을 시청한 적이 있다.

여기에서 역사학자 이익주는 고려가 멸망한 원인으로 폐행(嬖幸) 정치를 언급하였다. 폐행은 남에게 아첨을 하여 귀염을 받는다는 의미로, 폐행 정치란 한마디로 자신의 측근을 통해 정치를 하는 것을 말한다.

고려는 충렬왕을 시작으로 100년간 폐행 정치를 이어가게 되는데 폐행 정치의 문제는 한마디로 관료 시스템의 붕괴라고 할 수 있다. 정치가 시스템에 의해 운영되는 것이 아니고 왕과의 사적 친분에 의해 이루어짐으로써 많은 문제를 야기 시키게 되는 것이다. 폐행 정치는 관료 시스템의 역할인 적격자가 선발, 평가를 통한 포상 및 징계, 업무 동기부여 등이 이루어지지 못하고 비정상의 시대 즉, 공정, 정직이 사라지고 정쟁만 일삼게 되는 문제를 야기하게 된다. 측근을 통한 정치는 백성을 위한 정치가 아니라 자신들의 이권을 챙기기 위한 정치가 될 수밖에 없다.

정치는 국민, 백성을 위한 정치가 되어야 한다. 공자는 정치를 정자정야(政者正也)라 하였다. 정치는 백성들을 바르게 살도록 한다는 의미이다. 역사학자들은 고려가 멸망하게 된 원인으로 이러한 폐행 정치를 이야기한다.

이러한 폐행 정치의 문제를 생각하면서 충북교육이 오버랩되는 이유는 무엇일까? 우리 충북교육 7년을 보면 패행 정치의 판박이라는 생각이 든다. 측근들이 관행과 상식을 뛰어넘어 주요 요직에 임명되는가 하면 자신들과 직·간접적으로 가까운 사람들이 인사에서 혜택을 보는 것을 목격하면서 교원들은 줄서기를 하거나 그들의 눈치를 끊임없이 보아야만 한다. 이런 말을 하면 아마도 그들은 "법적으로 문제가 없는데 왜 이 것을 문제시하느냐." 라고 할 것이다.

법은 도덕의 최소한이라는 옐리네크의 말이 생각난다. 법은 사회규칙 중 가장 최소한이어야만 하는 것이다. 법을 어기는 것은 곧 다른 사람에게 피해가 가는 행위이다.

우리가 삶을 살아가면서 법을 어겨 법정에 서거나 변호사의 도움을 받는 일이 얼마나 되겠는가? 대부분의 사람들은 평생 이런 경험을 하지 않고 살아간다. 우리는 오히려 도덕이나 관습, 상식에 의거 삶을 살아간다. 따라서 법을 어기지 않았다고 스스로를 합리화하는 일은 정말 잘못된 사고인 것이다. 폐행 정치를 통한 인사정책 및 교육 운영은 시스템에 의한 교육 운영을 무너뜨린 것이다. 그래서 측근 중 누구와 친해야 하는가를 생각해야 하는 교육 환경을 만들었다는 것만으로도 우리 충북교육은 무너진 것이다.

이에 책임을 느끼지 못한다면 더 문제인 것이다. 상황을 제대로 인식하고 이후라도 그런 행태를 보이면 안 된다. 공정이 무너지고, 교육이 무너지고 있는 교육 현실을 바라보며 쓸쓸함을 감출 수 없다.

개는 훌륭하다

티비 프로그램에 "개는 훌륭하다."라는 프로그램이 있다.

강형욱이라는 훈련사가 문제견이 있는 집을 찾아가 문제견이 지닌 문제를 해결해 주는 프로그램이다. 그 프로그램을 보면 문제견이 있는 가정에서 공통적으로 발견되는 문제가 있다.

첫째는 문제견이 있는 가정의 보호자가 대부분 반려견들을 과보호하고 있다는 점이다. 보호자들은 반려견들을 너무 이뻐하고 있으며 심지어 반려견들의 비위를 맞춰주고 있다. 그러다보니 문제 반려견이 있는 가정은 반려견들이 마음대로 집을 돌아다니고, 아무데서나 배변을 하거나 특정 물건에 집착을 보이거나 기분이 상하면 주인들을 물기까지 한다.

산책을 할 때도 마찬가지로 보호자가 주체가 아니라 반려견들이 주체가 되어 보호자는 끌려다니기 일쑤이다. 한마디로 그 가정의 진짜 주인은 사람이 아니라 반려견인 셈이다. 이러한 이유로 통제력이 완전히 상실되고, 반려견들의 문제 행동으로 인해 가정이 사람이 살기 어려운 환경으로 바뀌어 간다.

둘째는 보호자들이 자신들의 반려견이 문제 행동을 하는 이유를 모른다는 점이다. 보호자들은 문제 행동의 원인이 자신들의 행동 때문이라는 걸 전혀 모르고 있는 경우가 대부분이었다. 보호자들은 반려견이 문제 행동을 하는 것을 자신들의 반려견이 특별하기 때문이라고 생각하고 있는 경우가 많았다. 물론 반려견이 문제 행동적 특성을 갖고 있기 때문에 문제 행동을 보일 수도 있다.

그러나 여기서 우리가 주목해야 하는 것은 문제적 특성을 지닌 반려견이라 하더라도 어떻게 훈련을 하느냐에 따라 얼마든지 문제 행동을 안 보일 수도 있다는 점이다. 바로 훈련 중요성이다.

그리고 이러한 상황은 우리 인간의 문제 행동에도 그대로 적용될 수 있다. 학교에서 문제 행동을 보이는 아이들을 보면 과보호를 받는 아이가 많이 있고, 또 부모가 그런 아이의 문제 행동이 그 행동을 강화해주는 환경 때문이라는 생각을 하지 못하는 경우가 대부분이다.

따라서 우리는 아이의 문제 행동을 아이 탓으로만 돌려서는 안 된다. 아이가 문제 행동을 하고 있다면 분명 그러한 문제 행동을 강화하는 환경이 있다는 것을 생각해야 한다. 그것이 부모든, 친구든, 교사든....

따라서 문제 행동을 수정하고자 한다면 문제 행동을 유발하는 환경을 살펴봐야 한다. 부모의 자녀 양육 방법, 아이가 만나는 친구들 그리고 학교 환경은 어떤지 등 이런 환경적 요소를 충분히 검토하여 문제 행동의 원인을 찾아 연결고리를 끊어줘야 한다. 그래야만 아이를 그러한 환경으로부터 분리할 수 있고 아이가 바르게 자랄 수 있게 되는 것이다.

올림픽과 미래교육으로서의 탁월성 교육

올림픽이 한창이던 때, 우리 선수단 중에서 유독 눈에 띄는 사람들이 있다. 바로 Z세대인 수영의 황선우, 탁구의 신유빈 그리고 양궁의 김제덕이다. 이들은 모두 나이가 17~18세로 고등학교 학생들과 같은 나이이고 올림픽 출전이 처음이다. 그럼에도 이들은 세계 무대에서 조금도 주눅들거나 기죽지 않았다. 아니 오히려 어떤 선수들 보다 당당하였다. 어린 선수들이 이렇게 당당할 수 있는 이유가 무엇일까 생각해 보았다. 아마도 그것은 탁월한 실력을 갖추고 있었기 때문이라는 생각이 들었다. 나이는 어리지만 충분한 연습과 훈련으로 각자의 분야에서 탁월성을 지니고 있었던 것이다. 이것이 자신감으로 이어지게 되고 어떤 상황에서든지 당당함을 잃지 않았던 것이다.

탁월성은 무엇인가? 그리스어에 '아레테($\alpha \rho \varepsilon \tau \eta$)'라는 말이 있다. 국어사전에서 아레테는 사람이나 사물에 갖추어져 있는 탁월한 성질. 좁은 뜻으로는 인간의 도덕적 탁월성을 이르는 말이다. 아레테의 의미를 좀 더 살펴보자. 아레테란 그리스어로 좋음을 의미하는 아가토스($\alpha \gamma \alpha \theta o \varsigma$)의 최상급인 가장 좋음이라는 아리스토스($\alpha \rho \iota \sigma \tau o \varsigma$)에서 유래되었다. 아레테란 자신의 능력의 최대한 혹은 최상의 행위, 최선의 상태를 말한다고 할 수 있다.

따라서 어떤 무엇에서 아레테를 가진다는 것은 그것이 도달할 수 있는 가장 최상의 위치나 최대한의 능력에 도달했다는 것이며, 삶에 있어서 아레테를 추구한다는 것은 인생에서 경험하는 모든 것과 모든 종류의 행위에 있어서 최상의 질을 추구하는 것이다. 예를 들어 나무의 아레테란 성장과 함께 꽃피우고 열매 맺는 것이며, 운동선수의 아레테란 최선을 다해 몸을 가꾸고 운동을 해서 경기에서 우승하는 것이다. 이처럼 탁월성의 철학이란 다른 사람과 비교한 우수성이 아니라 스스로 최선을 다하여 최고를 추구하는 것을 말한다.

과거에는 이러한 탁월성보다는 수월성을 강조하였다. 수월성은 다른 것에 비하여 빼어나고 우월한 성질이다. 산업화 시대에는 항상 다른 사람과 비교하였고, 다른 사람과의 경쟁에서 이겨야만 했다. 그러다 보니 수월성 교육을 강조하였고, 아이들은 항상 그 시선을 다른 사람에 두어야만 했다. 나의 최선이나 최대한이 아닌 다른 사람이 얼마나 잘하는가 하는 것에 더 많은 관심을 가질 수밖에 없었다. 따라서 나보다 잘하는 사람을 만나게 되면 주눅들고 기죽지 않을 수 없었던 것이다.

이제는 시대가 변했다.

4차 산업혁명으로 인해 사회는 아주 빠르게 변화하고 있고, 기술에서도 혁신적 변화가 일어나고 있다. 즉, 사물인터넷(IoT), 공유경제 및 클라우드 소싱, 로봇, 자율 주행, 인공지능(AI), 3D 프린팅 등의 기술이 사회를 지배하게 되었다. 미래 사회에서는 다른 사람을 보고 그와 비교할 시간이 없다. 또 다른 사람이 어떤 능력을 지녔다는 것은 더 이상 중요하지 않다. 이제는 다른 사람에게 있던 시선을 거둬야 한다. 과거의 수월성 교육의 틀에서 벗어나 그 시선을 자신에게로 돌려야 한다. 바로 탁월성 교육이 필요한 시대이다.

고대 아테네 시대에 소피스트는 시민들을 설득하는 능력인 수사학을 민주주의의 아레테로 생각을 하였다. 그래서 소피스트들은 수사학적 능력을 두고 끊임없이 다른 사람들과 경쟁하였고, 결국 윤리적 상대주의와

회의주의에 빠지게 되었다. 이러한 소피스트들의 생각이 잘못되었음을 자각한 소크라테스는 아레테를 인간의 영혼이 진리를 찾아가는 것이라 하였다. 소크라테스에게 있어 영혼은 외부적인 것이 아니고 인간의 본질이므로 영혼의 진리를 찾는 것은 자신의 영혼을 아는 것이었다.

미래 사회는 바로 아레테에 대한 소크라테스적 전환이 요구되는 사회이다. 미래의 교육은 다른 사람과 비교하도록 가르치기 보단 자신의 잠재적 능력을 알고 그것을 최상의 위치까지 끌어 올리고 자신의 능력을 최대한 발휘할 수 있는 교육으로의 방향 전환을 요구하고 있다.
즉, 미래의 교육은 탁월성 교육이 답인 것이다.

생각이 대롱대롱
지식이 대롱대롱

자기 효능감과 교육

학교에서 학생들에게 요구하는 주요 능력 중 하나가 자기 주도적 학습 역량이다. 강의식 수업은 학생들을 피동적 객체로 만들어 강의 내용을 수동적으로 받아들이도록 한다는 점에서 부정적 인식이 많다.

학생 활동 중심 수업은 학생이 주도적으로 활동을 이어가고 교사가 보조자로서의 역할을 한다는 점에서 자기 주도적 학습 역량과도 밀접한 관련이 있다는 판단 하에 권장되고 있다. 물론 이러한 생각에 전적으로 동의하는 것은 아니지만 학생 활동 중심 수업과 자기 주도적 학습 역량과의 관련성도 부정하고 싶지는 않다.

자기 주도적 학습 역량은 학생 스스로 학습 계획을 세우고 시행하고 평가하는 일련의 과정을 할 수 있는 능력을 말한다. 우리 모두는 자신의 아이들이 이런 역량을 지니길 원하고 있다. 그런데 자기 주도적 학습 역량을 길러주기 위한 주요 요인 중 하나가 자기 효능감이다.

자기 효능감은 목표에 도달하기 위해 필요한 행동과정을 조직화하고 실행할 수 있는 자기의 능력에 대한 믿음으로, 강한 자기 효능감을 지닌 사람은 대체로 자기 주도적 학습 역량도 높다. 따라서 우리는 자기 효능감에 주목할 필요가 있다.

일반적으로 자기 효능감은 성공 경험, 대리적 경험, 언어적 설득 및 격려 등에 의해 영향을 받는다. 이중 성공경험은 자기 효능감 형성에 가장 영향력이 크다. 이것을 감안한다면 우리는 자녀들이 가능한 한 자주 성공 경험을 할 수 있도록 기회를 제공해 주어야 한다. 하지만 실패는 자기 효능감을 약화시킨다는 점도 잊지 말아야 한다. 특히 효능감이 강하게 형성되기 전에 실패를 경험하게 되면 자기 효능감은 더욱 약화될 수밖에 없기 때문에 주의하지 않으면 안 된다.

따라서 우리는 아이들이 목표를 세우고 도전을 하기 전에 자신의 아이가 어떤 아이인지 파악하는 것이 중요하다. 탄력성 있는 자기 효능감을 지니기 위해서는 지속적인 노력을 통해 어려움을 극복한 경험

▲2019 청주중학교 학생들의 리더십 함양을 위한 협동 활동

이 있어야 하는 만큼, 만약 자신의 아이가 인내력을 갖고 지속적인 노력을 잘하는 아이라면 쉽게 달성하기 어려운 목표를 설정하도록 하는 것이 도움이 된다. 하지만 그렇지 못한 아이라면 자칫 실패 경험으로 이어질 수 있기 때문에 너무 어려운 목표 설정은 바람직하지 않을 수 있다.

다시 말해 강한 인내력을 지니고 있고, 지속적인 노력을 할 수 있는 아이가 어렵지 않은 목표를 설정하여 쉬운 성공만을 경험하는 것도, 또 그렇지 않은 아이가 높은 목표를 설정하여 실패를 자주 경험하는 것도 바람직하지 않다는 것을 알고 있어야 한다.

사람들은 대리적 경험, 즉 모델링을 통해 자신과 비슷한 사람이 어떤 과

제를 성공적으로 수행하는 것을 관찰하게 되면 자기 효능감을 증진시키게 된다. 아이들은 일상생활에서 자주 학급의 친구나 경쟁자 또는 다른 상황에서 유사한 노력을 하고 있는 사람들과 스스로를 비교한다.

그래서 우리는 자신과 유사한 사람이 어떤 과제를 수행하는 것을 목격하게 되면 자신도 그 일을 할 수 있을 것이라고 자신을 설득하게 되며 자기 효능감을 높인다. 또 대리적 경험으로서의 모델링은 아이가 직접적 실패 경험을 했을 때도 이러한 실패경험을 약화시키고 효능감을 강화해 줄뿐만 아니라 반복된 실패에 직면해서도 수행을 추구하는 노력을 유지하도록 영향을 미치기도 한다. 따라서 자신의 아이가 자기 효능감이 낮다고 판단된다면 또 지금보다 더 높은 효능감이 필요하다고 생각된다면 대리적 경험을 통한 효능감 증진도 고민해 봐야 한다.

우리는 언어적 설득 및 격려를 통한 자기 효능감 증진도 생각해 볼 수 있다. 사람들은 중요한 과제를 수행하거나 역경을 극복해야 할 때 주위사람들이 '넌 잘할 수 있는 충분한 능력을 갖고 있어' 라고 설득을 하거나 격려를 하면 자기 효능감을 높이고 과제를 성공적으로 수행하거나 힘든 역경도 극복하게 된다.

만약 아이가 자신의 능력에 대해 의심하고 있는 아이라면 언어적 설득과 격려는 더 필요하다. 그러니 가능한 언어적 설득과 격려를 많이 해줄 수 있도록 노력해 보자. 그런데 언어적 설득 및 격려는 자기 효능감을 계속적으로 증가시키는데 한계가 있다는 점도 알아야 한다. 특히 개인적 능력에 대해 비현실적 믿음을 갖게 하는 것은 부모나 교사를 불신하게 하고 나아가서 자기의 능력에 대한 믿음을 훼손하여 실패를 초래할 수 있는 만큼 주의해야 한다.

[*]

우리의 역사와 함께한 커다란 나무처럼,
나도 학교에서 그렇게, 그런 존재가되고싶다.

함께 걸어온 100년의 역사,
함께 나아갈 100년의 미래

내가 근무하던 청주중학교는 1924년 청주고등보통학교 5년제로 개교하여 여러 변화와 성장을 거치며 지금에 이르렀고, 이제 3년 뒤인 2024년에는 100년의 역사를 맞이하게 된다. 개교 100주년을 앞두고 선생님들께 100년을 기념하는 캐치프레이즈를 만들자고 제안하였는데,

"함께 걸어온 100년의 역사, 함께 나아갈 100년의 미래" 로 선정되었다.

100년이나 된 역사 깊은 학교에 근무한다는 것만 생각해도 가슴이 벅차고 뭔가 뿌듯함이 밀려온다. 그것도 100년이나 된 학교가 나의 모교라는 것을 생각하면 어깨가 절로 올라간다.

100년의 역사가 의미하는 것은 무엇일까? 100년을 산 사람의 모습을 상상해 보았다. 흰 머리, 깊게 패인 주름진 얼굴, 굽은 어깨, 이런 모습을 좋아하고 가치 있어 하는 사람이 있을까? 없을 것 같다는 생각이 들었다. 요즈음은 늙음은 가치 없음이고 젊음만이 가치로움이 된 사회이다. 그래서 동안을 만들기 위해 많은 사람들이 성형외과를 찾는다.

100년 된 집은 어떨까? 문화재로서의 가치를 지닐지는 몰라도 대부분은 낡고, 불편하고, 무너져 내릴 것 같은 모습을 하고 있을 것이다. 그렇다면 흰머리, 주름이 깊게 패인 얼굴, 낡고, 불편함은 진정 무가치함이고 사라져야만 하는 대상인 것인가? 그런데 왜 나는 100년이라는 역사가 있는 오래되고 낡은 학교에 근무를 하면서 뿌듯해하며 자부심을 가졌던 것일까? 과거에는 늙음과 오래됨은 권위의 상징이고 존경과 가치로움의 대상이었다. 아직도 그런 전통이 남아있어 어떤 문제로 논쟁을 하거나 싸움을 하다 할 말이 없거나 논쟁에서 지게 되면 우리는 상대방에

게 나이를 묻는다. 그러곤 곧 바로 나이도 어린 것이 싸가지 없게 어른한테...이러면서 나이로 모든 것을 덮으려 한다. 우리의 의식 속에는 뿌리 깊게 나이는 곧 권위의 상징이라는 생각이 자리 잡고 있는 것이다. 물론 이런 생각은 바람직한 것은 아니다. 그러나 늙음과 오래됨을 무가치함으로 몰아가는 태도 또한 바람직한 것

▲청주중학교 직무실에서

은 아닌 것 같다. 전에 「90년대생들이 온다.」라는 책을 읽은 적이 있다. 이 책을 보면서 나는 90년대 생의 생각과 가치를 이해하지 못하는 사람은 모두 꼰대이고 문제 있는 사람인 것인가 하는 생각이 들었다.

늙고 나이든 사람으로서 90년대 생들의 생각과 가치를 이해해야 하는 것은 소통과 탄력적인 사고를 할 수 있다는 점에서 옳은 것이라 생각한다. 하지만 그것은 90년대 생들에게도 마찬가지인 것이다. 그들도 늙음과 오래됨의 가치와 나이든 사람들의 생각을 이해해야 하는 것이다.

그렇게 될 때 진정한 소통이 이루어지는 것이다.

온고지신(溫故知新)이라는 말이 있다. 이 말은 논어 위정편에 나오는 말로 "옛 것을 익히고 새 것을 알면 남의 스승이 될 수 있다.(溫故而知新, 可以爲師矣.)"라는 구절에서 따온 말이다. 여기에서 온(溫)은 탐구하다라는 심(尋)의 의미를 지닌다. 즉 온고는 옛 것을 탐구한다라는 의미인

데, 왜 공자는 지신을 말하면서 온고를 강조했던 것일까? 그것은 온고를 전제하지 않는 지신은 새로운 것의 진정한 의미를 알 수 없기 때문이었을 것이다. 한마디로 지신을 위해선 먼저 온고를 해야 하는 것이다. 그리고 이렇게 할 때 다른 사람의 스승이 될 수 있는 자격이 생기는 것이다.

청주중학교 교정에는 오래된 나무들이 많이 있다. 어쩌면 이름 모를 어떤 나무는 100년이 된 나무도 있을 것이다. 어떤 이는 이름도 모르고 볼품없어 보이는 나무는 베어버리고 어디에서 멋진 나무를 가져다 심는 건 어떠냐고 말을 한다. 나는 그 말에 동의할 수가 없었다. 설령 어디에서 멋진 나무를 가져다 심는다고 해도 그 나무가 청주중학교 교정에서 100년을 산 나무를 어떻게 대체 할 수 있겠는가.

이름 모를 볼품없는 나무이지만 그 나무는 청주중학교 교정에서 100년 동안 학생들과 교직원들의 희노애락을 보고 듣고 자란 나무이다.

깔깔대며 웃는 학생들의 웃음소리를 들었고, 벤치에 앉아 고민에 빠진 친구의 어깨를 토닥이는 모습을 보았고, 열정을 갖고 제자들을 가르치는 수없이 많은 선생님들의 목소리를 듣고 자란 나무이다. 그런데 어떻게 그런 나무를 함부로 베어버릴 수 있겠는가.

늙음과 오래됨은 그저 볼품없음과 무가치함이 아니다. 깊게 패인 주름 하나 하나에는 삶의 희노애락이 녹아 있는 것이고 오래된 낡은 집 또한 어떤 가정의 역사가 깃들어 있는 곳이다. 늙음과 오래됨은 돈을 주고 사거나 건너 뛸 수 없는 시간을 투자하지 않고는 그 누구도 가질 수 없는 절대적 가치를 지닌 것이다. 그러하기에 나는 100년의 역사를 가진 학교에 근무하는 것이 자랑스러웠던 것이고, 그런 학교를 졸업한 것만으로도 뿌듯함이 밀려왔던 것이다.

기초 체력과 기초 학력

기초 체력의 사전적 정의는 "기본적인 운동능력을 발휘하는 데에 필요한 체력으로 근력, 지구력, 순발력, 평형성, 유연성 등이 포함된다." 이다. 이 사전적 정의를 보면 기초 체력은 운동 능력과 밀접한 관련이 있음을 알 수 있다. 다시 말해 기초 체력이 튼튼하지 않으면 운동을 배우고 능력을 발휘하는 데 한계가 있을 수밖에 없다. 그래서 운동을 배우고자 하는 사람은 누구나 기초 체력 훈련을 먼저 하게 된다. 축구를 하던지, 야구를 하던지, 씨름을 하던지 운동을 하는 사람들은 모두 기초체력 훈련을 한다. 이처럼 기초 체력은 말 그대로 체력의 기초이고, 기본이고, 근본인 것이다.

그렇다면 교육의 기초 체력은 무엇인가? 그것은 기초 학력이라고 할 수 있다. 기초 학력의 사전적 정의는 "연령에 따른 학력의 단계에서 습득해야 하는 지식이나 기능의 기초가 될 수 있는 학력으로 읽기, 쓰기, 셈하기와 같이 사회생활에서 기본적으로 필요한 능력이나 학교 교육에서 특정 교과를 학습하기 위해 요구되는 기초적인 능력을 말한다." 이다.

즉, 기초 학력은 연령에 따른 학력의 단계에서 습득해야 하는 지식이나 기능으로 기초 체력과 달리 연령과 단계가 중요함을 알 수 있다.

내가 운동을 하고 싶은 데 기초 체력이 부족하면 지금부터라도 기초체력 훈련을 하면 어느 정도는 기초 체력을 기를 수 있다. 물론 기초 체력도 연령이나 단계와 무관한 것은 아니지만 기초 학력에 비해 연령과 단계가 상대적으로 그 중요성과 비중이 적은 것은 사실이다. 그 만큼 기초 학력은 연령과 단계가 중요하다. 기초 학력은 연령에 따라 단계에 따라 읽기,

쓰기, 셈하기 능력을 갖추지 못하면 다음 단계로 나아가지 못한다. 만약 자녀가 연령과 단계에 따른 읽기, 쓰기, 셈하기 능력을 갖추지 못했다면 학습 지체가 일어날 가능성이 매우 높다.

이러한 연령과 단계에 다른 발달은 스위스의 심리학자인 피아제도 강조한 바가 있다. 피아제는 인지 발달 단계를 4단계 즉, 감각 운동기, 전조작기, 구체적 조작기, 형식적 조작기로 나누고 연령과 단계에 따라 교육이 이루어져야 함을 강조하였다.

이 주장은 연령과 단계에 따라 교육이 제대로 이루어지지 않으면 발달에 문제가 발생할 수 있다는 말로 이해 할 수 있다.

중요한 것은 우리의 자녀가 연령과 단계에 따른 기초학력을 갖출 수 있도록 해주어야 한다는 것인데, 이를 위해선 먼저 진단과 함께 연령과 단계에 따른 적절한 교육이 이루어지는 것이다. 물론 사람에 따라 능력이 다르기 때문에 연령과 단계에 따른 교육이 모든 사람에게 획일적으로 적용될 수 있는 것은 아니다. 하지만 우리는 연령과 단계에 따라 이루어져야 할 교육이 있다는 것을 대부분 인정한다.

따라서 연령과 단계에 따른 적절한 교육이 이루어져 기초 학력을 갖출 수 있을 때 우리의 자녀가 학습 지체로 평생교육에 어려움을 겪지 않게 될 것이다. 다음으로는 연령과 단계에 따른 교육과 함께 진단 평가가 이루어져야 한다. 평가는 교육이 제대로 이루어졌는지 확인하는 과정으로 교육과 함께 반드시 필요한 과정 중 하나이다. 교육만 있고 평가가 없다면 어떻게 되겠는가?

그렇게 되면 자신이 무엇이 어느 정도 부족한지 알 수 없게 되고 적절한 처방 즉 교육이 제대로 이루어 질 수 없게 된다. 그리고 이것은 누구나

다 아는 사실 아닌가. 문제는 표준화된 평가가 필요한가 하는 것인데, 기초 체력의 경우는 PAPS(학생건강체력평가)라는 표준화된 평가 기준에 의거 평가하고 학교생활기록부에 기록을 한다.

기초 학력의 경우는 어떠한가? 한때는 국가수준 기초학력 진단 평가와 국가 수준 학업성취도 평가 등이 있었다.

지금은 일제고사라는 부정적 측면과 학교 간 비교 및 여러 가지 부작용이 있다는 의견이 있어 사실상 평가가 이루어지고 있지 않고 있다.

그러면 진정 표준화된 평가는 부정적 측면만 있는가? 만약 긍정적 측면도 있다면 그것은 무엇인지 한번 생각해 볼 필요가 있지 않을까.

이렇게 말하면 또 혹자는 과거의 국가수준 기초학력 평가와 학업 성취도 평가를 도입하자는 말로 오해할 수도 있을 것이다. 그런 것은 아니다. 교육자의 한사람으로서 내가 우려하는 것은 우리 자녀의 학력 저하가 심각해지고 있다는 문제 의식에 대한 반성이고 어떻게 하면 학력 저하를 막아볼 수 있을까에 대한 방법 모색과 고민일 뿐이다.

▲학생들과 소담소담 피자 만들기

*
향긋한 가을 향.
향긋한 책 내음.

독서의 계절, 가을

우리나라는 4계절이 뚜렷한 나라이다. 요즈음 날씨를 보면 봄과 가을이 없는 것처럼 느껴지곤 한다. 며칠 전까지 에어컨을 틀었는데, 지금은 히터를 틀고 있다. 이러한 계절의 변화는 아마도 환경 오염이 만들어낸 지구 온난화 때문일 것이다. 예전에는 춥지도 덥지도 않은 봄과 가을이 분명하고 기간도 길어 생활하기 좋은 날씨를 즐길 수 있는 일이 많이 있었다. 이제는 그런 좋은 계절이 점점 사라지고 있다는 생각에 아쉬움이 크다.

그래도 가을은 가을이다. 단풍이 하루가 다르게 물들어 가는 가을을 기억하는가. 세상이 온통 울긋불긋 변해가고 있고, 교정에는 낙엽이 수북이 쌓여 있어 괜스레 그 주변을 맴돌게 한다. 며칠 지나면 이러한 아름다운 세상도 사라지고, 언제 그랬냐는 듯 나무는 앙상한 가지만 남아 겨울을 준비할 것이다. 우리 모두 코로나로 힘든 시간을 견디느라 지쳐 있지만 잠시라도 고개를 돌려 창밖을 보고, 힘들었던 마음을 단풍을 보며 달래보았으면 하는 생각을 해본다.

가을이 되면, 학교는 1년의 결실을 거두기 위해 여러 가지 행사를 계획하고 추진한다. 코로나19 이전에는 학교 축제나 체육대회로 학교 전체가 떠들썩하고 학생들은 각자의 재능과 끼를 마음껏 뽐내기 위해 시간을 아껴가며 연습에 연습을 거듭하곤 했다. 그러나 지금은 코로나로 축제나 체육대회를 실시할 수 없다. 아이들의 얼굴은 마스크로 가려져 있어 아이들이 재잘거리며 밝게 웃는 모습도, 뛰어노는 모습도 볼 수가 없다.

11월부터 위드코로나가 시작되었다. 점차로 일상을 회복할 것이고, 학교도 정상화될 것이다. 물론 위드코로나가 시작되긴 했지만 코로나 이전으로 온전히 돌아가기 위해선 더 많은 시간이 필요할 것이다. 또 방역을 소홀히 해서도 안 된다. 그러나 제한이 따르더라도 하루빨리 체험학습, 축제, 체육대회 등을 실시할 수 있게 되고, 아이들이 마음껏 끼를 표출하고 뛰어노는 모습을 볼 수 있게 되길 기대해 본다.

가을은 하늘은 높고 말은 살찐다는 천고마비의 계절이며, 독서의 계절이기도 하다. 말만 살찌는 계절이 아닌 듯, 나의 뱃살도 조금씩 늘어나는 것 같다. 이 좋은 계절 뱃살만 찌울 것이 아니라 마음의 양식도 넓혀야겠다는 생각에 틈틈이 책을 읽고 있다. 물론 쉬운 일은 아니다.

하지만 의지를 갖고 실천하고 있다. 얼마 전부터 책상 위에 놓여있던 「최고의 교육」이란 책을 읽고 있는데, 이 책에서는 미래 인재의 역량을 여섯 가지(6C)로 분류하고 있다.

21세기에는 성공하기 위해서 아이들에게 협력(Collaboration), 의사소통(Communication), 콘텐츠(Content), 비판적 사고(Critical Thinking), 창의적 혁신(Creative Innovation) 그리고 자신감(Confidence) 등의 역량이 필요하다고 주장한다.

혹자는 콘텐츠가 아이들의 창의적 혁신 역량을 길러주는데 저해 요인이라고 주장하기도 한다. 지식정보는 넘쳐나고 있고 매 2년 마다 지식의 양이 2배씩 증가하기 때문에 우리가 문명의 모든 사실들을 기억한다 해도 2년 반이면 그 지식은 50퍼센트로 줄어들고 5년이면 25퍼센트로 줄어들 뿐만 아니라 손가락만 까딱하면 네이버나 유트브 검색을 통해 단 몇 초면 검색 가능하기 때문에 지식정보를 머리에 채우는 것은 더 이상 성공 비결이 아니라는 것이다.

물론 이런 주장에 부분 동의할 수 있다. 21세기에는 분명 콘텐츠에만 의존하는 교육을 해서는 아이들을 성공으로 이끌지는 못할 것이다.

그러나 창의적 혁신은 콘텐츠를 배제하기보단 포함하는 것이고, 콘텐츠와 비판적 사고력에서 탄생한다는 사실이다.

즉, 21세기는 과거 콘텐츠에만 의존하던 시대에서 콘텐츠와 그 외의 다른 역량이 함께 요구되는 사회로 바뀐 것이다. 따라서 콘텐츠의 비중이 줄어들긴 했지만, 콘텐츠는 미래를 성공으로 이끄는 여섯 가지 역량 중 하나로 다른 역량과 함께 통합적으로 작용할 때 가장 기초가 되는 역량이라고 할 수 있다.

독서는 콘텐츠를 늘리기 위한 좋은 방법 중 하나이다. 우리의 아이가 미래에 성공하길 기대한다면 퇴근길에 책 한 권을 사서 아이들의 책상에 놓아 주길 제안해 본다.

수능 대박을 기원하며......

수능은 대학에서 수학할 수 있는 능력이 되는 자를 선발하기 위하여 교육부에서 해마다 실시하는 총괄평가이고, 결과 평가이며, 규준지향평가인 상대평가로 1994년부터 행해지고 있다. 이번 수능은 코로나19 상황에서 치러지는 두 번째 수능이다.

고3 학생들은 3년 아니 어쩌면 18년 동안 노력해 온 모든 것을 한 번에 테스트받게 되는 매우 중요한 시간이다. 최상의 컨디션을 유지해야 할 것이고, 하루종일 시험을 보기에 집중력을 잃지 않도록 해야 한다.

코로나19로 학교는 11일부터 원격수업으로 전환되었다. 고등학교 3학년 학생들 거의 대부분이 백신접종을 완료하였지만 감염의 위험을 원천 차단해야 할 필요성이 있었기에 취해진 조치이다. 혹시라도 감염이 된다면 18년 동안 준비해 온 모든 노력이 수포로 돌아갈 수도 있다. 모두가 조심하고 또 조심해야 한다. 어떤 부모는 혹시나 자신으로 인해 자녀가 시험을 보는 데 지장을 초래할까 두렵기도 하고 또 시험을 잘 보길 기원하는 마음으로 당분간 사람들을 만나는 일조차 꺼려하고 있다고도 한다. 이처럼 수능은 수험생들 뿐만 아니라 학부모, 교사 등 모든 관련된 분들이 긴장 속에서 준비하고 있고, 아무 일 없이 잘 마무리되길 바라고 있다.

한국교육과정평가원(평가원)은 오는 11월 18일 실시되는 2022학년도 수능 응시원서 접수 결과를 지난 6일 발표했다. 올해 수능 응시원서 접수 결과를 보면, 작년 493,434명에 비해 16,387명(3.3%) 증가한 509,821명이 지원한 것으로 나타났다.

9월 모평 응시자(518,677명)보다는 약 만 명 정도 적다. 그 중 재학생 수는 2021학년도 재학생 수 346,673명에 비해 14,037명(4%) 증가해 360,710명(70.8%), 졸업생은 1,764명 증가한 134,834명(26.4%), 검정고시 등 기타 지원자는 586명 증가한 14,277명(2.8%)으로 집계됐다. 성별로는 남학생이 전년 대비 7,322명 증가한 261,350명(51.3%), 여학생은 9,065명 증가한 248,471명(48.7%)이다. 올해 고3 재학생이 증가한 것은 학령인구의 감소 추세 속에서 일시적으로 학령인구가 증가했기 때문이다. 아마도 이번 수능에 실제로 응시할 수험생 수는 44만~45만여 명 정도가 될 것으로 예상되는데, 이는 실제 수능 응시 비율이 평균 88% 정도이기 때문이다.

과거에는 수능 대박을 위해 학교에서는 돼지머리를 놓고 고사를 지내는가 하면 수능 대박 기원제라고 하여 축제처럼 다양한 행사를 하기도 하였다. 또 후배들이 조금씩 돈을 모아 찹쌀떡과 엿 등을 준비하여 응원의 메시지와 함께 3학년 교실을 돌며 선배들에게 전달하였다.

그리고 시험장 응원을 위해서는 좋은 자리를 차지하기 위해 밤을 새우기도 하였고, 학교끼리 경쟁적으로 꽹과리, 징, 북 등 각종 응원 도구를 동원하고 제작하여 학교의 명예를 걸고 응원하기도 하였다. 지금은 찾아보기 힘든 추억이 되었지만 그래도 수능 대박을 기원하는 마음은 같을 것으로 생각된다.

진인사대천명(盡人事待天命)이라는 말이 있다. 최선을 다했다면 나머지는 이제 운에 맡길 수밖에 없다. 세상에는 너무도 많은 변수가 존재한다. 그 변수를 우리는 알 수도 없다. 세상은 계획대로 움직여지지 않는다.

우리가 할 수 있는 것은 최선을 다해 노력하는 것이고 최선을 다했다면 그것으로 족한 것이다. 만약 시험을 잘 봤다면 다행이지만 못 봤다고 해도 너무 실망할 필요는 없다. 수능이 중요한 시험이기는 하지만 이것이 전부도 아니고 우리에겐 한가지 길만 있는 것이 아니다.

돌아가면 어떠한가? 중요한 것은 목표를 갖는 것이고 그 목표를 달성하기 위해 포기하지 않고 노력하는 것이다. 포기만 하지 않는다면 언젠가는 목표를 이룰 것이다. 인디언들은 기후 제를 지내면 반드시 비가 온다고 한다. 그 이유는 비가 올 때까지 기후 제를 지내기 때문이다.

고3 학생들은 이제 인생의 출발점에 선 것이다. 무엇이든 할 수 있는 나이이고, 무엇이든 될 수 있는 가능성을 가진 존재이다.

수능 성적에 연연해 하지 말고 희망을 갖고 최선을 다하길 그래서 이번 수능에서도 반드시 대박나길 두 손 모아 기원하며, 모든 수험생들에게 파이팅을 외쳐본다. 파이팅!!!

"세상은 내 안에 있다."
2022년 1월 5일 짧은 출발아
도전을 다짐해 본다..
진균아 잘해보자. 그리고 열심히
해보자. "하늘은 스스로 돕는 자를 돕는다."
성바보 김진균 파이팅 ♡

2022년 어느날...
학생바보 김진균 파이팅!

딸의 눈에 비친 아버지의 뒷모습

대성중학교 교사 김 다 예

나는 아버지가 늘 충북의 교육을 재정립하고 재검토하겠다는 뜻을 가족의 앞에서 먼저 말씀하셨을 때, 많이 놀라지 않았다. 항상 교육을 바로 세우겠다는 의지를 표명하시는 분이셨기 때문이다.

아버지는 33년의 교직생활을 하셨고, 무언가 또 다른 꿈을 계획하고 계시다.

장녀로서, 평생 지켜봐온 나의 아버지는 충분히 그런 분이셨다.

내가 보아온 아버지는 거창한 교육 목표가 아닐지라도, 현직에 계시는 동안에 평교사 시절부터 지금의 관리자에 올라오시기까지, 학생들의 인성교육에 대하여서도 늘 관심을 놓지 않으시며 강조해오셨다.

교과 학습과 지식을 습득하게 하는 기관인 학교지만 이 모든 것이 '인성'이 바로잡혔을 때 이루어질 수 있는 것이라고 강조해 오신 분이다. 때로는 참 고집스럽다고 여길 만큼 우리 아버지는 인성교육을 강조하셨고, 그러면서도 학생들을 애지중지하는 분이셨다.

그래서 아버지의 별명은 '학생바보'이다. 다른 아버지들은 '딸 바보'라고 하는데, 그래서 어렸을 때 나는 어린 마음에 아버지에게 섭섭하다고 떼를 썼던 기억도 있다.

나는 미술을 전공했지만, 아버지를 따라 교사가 되었다. 아버지를 참 존경하기 때문이다.

나의 아버지이지만, 또 교육계에서는 저 먼 말치에 계신 선배님으로서…… 따라가기도 힘든 선배님이시다. 내가 존경하는 교육계 선배 김진균 교장선생님은 학교에서 일어나는 많은 사건과 상황들을 겪으실 때마다, 이를 어떻게 대처를 해야 하고, 왜 이렇게 대처해야하는지에 대해 종종 말씀해 주셨다. 마치 드라마나 영화를 보듯이 나는 살아오면서 아버지가 마치 드라마속의 형사나 탐정 정도라고 생각한 적도 있었다. 사소한 교내 사건 사고부터 담임하시던 반 학생의 가출, 종교로 인한 병역의 갈등 스토리 까지...... 아버지의 진심과 교사로서의 사명감으로 수많은 사건 사고들 속에서 학교 교육을 잘 마쳤고, 현재까지 스승의 날마다 삼삼오오 모여 집으로 찾아오는 평생 제자가 되었다. 30년 가까이 함께 하면서 함께 인생의 동반자로서 스승으로서, 선후배로서... 함께 나이를 먹어가는 모습을 옆에서 지켜봐왔다.

이런 것이 참 교육이고, 참 교육자의 모습이라고 생각한다. 교육제도와 정책을 검토하고 바로 세우는 것도 중요하지만, 학교 현장이 어떻게 흘러가고 있으며 현실적인 교육의 문제와 핵심을 파악하고, 해결하는 것이 진정한 리더의 덕목이라는 것을 나는 아버지로부터 느끼고, 배웠다. 난 아버지가 33년 동안 교육 현장에서 교육의 근본인 참교육을 고민하셨기에 아버지의 또 다른 꿈을 응원하고 있다.

다만, 순수한 열정을 가진 아버지는 워낙 옳고 그름을 분명히 하시는 분이시기에 스스로 상처를 받지 않으실까 하는 염려가 앞선다. 하지만 그 또한 아버지께서 잘 헤쳐나가실 거라 믿는다. 나의 아버지는 강한 분이시니까.

내가 믿는 나의 아버지는 그 어떠한 시험이 닥칠 때에도 30여년이 넘도록 진솔하고 청렴한 교직 생활을 하셨고, 어떠한 오해에도 무너지지 않을 실 분이다.

나는 아버지와 같은 길을 걷고 있다.

충북의 아이들을 교육하는 입장에서 아버지의 걱정을 함께 절감하고 있고 바꾸어야 한다고 생각한다. 그래서 난 더 이상 걱정하지 않고 아버지의 또 다른 새로운 꿈에 끊임없는 응원을 보내드릴 것이다. 교육에 대한 순수한 집념과 열정, 도덕과 윤리를 지키면서 도전하는 굳센 정신을 곁에서 바라보았기 때문이다.

아버지는 어떠한 상황에서도 강한 분이시다.

가정에서도, 학교에서도 항상 그러한 모습을 보여주셨다. 다양한 문제 혹은 상황이 펼쳐지는 학교 현장에서 아버지는 그동안의 현장 경험을 비추시고, 그리고 교직에 담고 있는 딸의 목소리를 담을 준비가 되셨다. 짧은 글로 당신의 생애를 모두 표현할 수는 없지만 언제나 지지하고 존경의 마음을 표현하고 싶다.

나의 아버지는 나에게 어떻게 살아가야 하는지에 대해서 말씀해주지 않으셨다. 그냥, 그가 살아가는 모습을 그대로 보여줬을 뿐이다.

맺음말

이 책은 33년의 교직생활을 통해 얻은 경험을 바탕으로 상황마다 어떤 교육적 방법이 보다 바람직한 방향인지에 대한 고민을 엮어놓은 것이다. 이 책은 그러한 의미에서 추상적 이론이 아니라 구체적 상황의 반영이라 할 수 있다. 많은 교육이론을 공부도 했지만 이론은 이론일 뿐인 경우가 너무 많았다. 어떤 이론도 현장을 설명하거나 현장에서 발생한 문제를 해결할 수 있는 해결책을 제시해주는 것을 찾기 쉽지 않았다. 그래서 고민 끝에 오랜 기간 현장에서 교사부터 시작에서 장학사, 장학관, 교감, 교장을 거치며 경험하게 된 실천적 지식을 바탕으로 현장의 문제를 함께 고민할 수 있는 글을 써볼 생각을 한 것이다.

상황적 지식은 보편적 원칙을 수립하거나, 모든 상황을 포괄적으로 설명해 줄 수 있는 일반적 지식이 될 수는 없을 것이다. 하지만 상황적 지식은 살아있는 지식이고 구체적 상황에서 학생, 학부모, 교사 누구든 자신들이 처한 문제를 고민할 때 참고할 수 있는 지식이 될 수 있다는 점에서 의미가 있다고 할 수 있다.

33년의 교직생활은 저의 삶의 전부라고 해도 과언이 아니다. 직장생활을 하면서 학생들을 가르치고 학부모와 학생 문제를 함께 고민하고 하는 일은 그리 만만한 일이 아니다. 그래서 누군가는 이런 말을 한다. 교사는 남의 자식 가르치느라 정작 자신의 자식 교육은 등한시 한다고..... 사실 맞는 말이다. 지금까지 아이들과 함께한 추억도 딱히 기억나는 것이 없다. 시간이 지나고 보니 아이들과 아내에게 미안한 마음이 든다. 제일 먼저 아내 이종미 여사한테 미안하면서도 감사하다는 말을 전하고 싶다.

아내는 부부교사로서 학교일과 가정 일을 병행 하면서도 불평하지 않고 아이들을 잘 키워냈다. 지금 우리 가정이 이 만큼이라도 화목한 가정이 된 것은 모두 아내의 희생 때문이었다. 거듭 감사하다는 말을 전한다.

다음은 우리 큰딸 다예와 아들 재원한테도 미안하다는 말을 전하고 싶다. 아빠로서의 역할을 잘 해주지도 못했는데도 착하게 잘 자라 사회의 구성원으로 일을 해주는 것이 고맙다.

마지막으로 저를 낳아주시고 길러주신 부모님께도 그리고 아내를 낳아주신 장모님께도 감사하다는 말과 함께 큰 절을 올린다. 사실 제가 여기까지 오는 데는 너무도 많은 분들의 도움이 있었다. 아마도 그분들의 도움이 없었다면 불가능한 일이었다고 감히 말씀드릴 수 있다.

여기에 그 분들의 성함을 말씀 올리지 않은 것은 그분들의 도움을 가벼이 생각해서가 아니다. 너무 많아 지면이 부족하기 때문이라는 것을 이해해 주셨으면 한다. 모든 분들께 감사의 말씀을 올린다.

끝으로 이 책의 출판을 기꺼이 허락해 준 출판사 관계자 분들과 편집을 도와준 신디황, 최혜민 디자인팀장, 그리고 멋진 사진을 연출해준 이창익 감독 등 제작을 맡아준 디포스트 관계자 여러분들에게도 감사의 말을 전한다.

김진균 선생님보며

선생님!

어느새 선생님과 함께 생활한지 세달이 다 되어가네요.
처음 담임 선생님 발표할땐 많이 무서우실것 같아
마음졸였던지 옆반 과목과는 다르게 저희 많이
이해해 주시고 아껴주시는 것 같아 너무 기뻐요.

선생님, 저 성적 안나왔을때 선생님 말씀이 얼마나
도움이 됐는지 몰라요.
저 열심히 할거예요. 뒤돌아...

선생님 꼭 지켜봐주시고 응원해 주셔야 되요!

99년 한해에는 선생님 바라시는 모든 일이 이루어지길
바라구요. 항상 건강하고 행복하세요.

저희 러시아어과 선생님 기대 저버리지 않는
멋진 제자들이 되겠습니다.

99년 5月 15日
○○ 드림

S. 졸업하면
맛있는거 사주실거죠?

Желаю успехов во всём
и счастья!

MADE IN KOREA
20000-47031-7   100   morning glory   8 80 1237 105382

진규니 선생님께 ...

※ 선생님이랑 지낸지 얼마 안
되었지만 선생님이 저희 한테
신경 많이 × 2 써 주셔서 감사
해요. cnacudo?

사실 체육 선생님이 3-2 담임이라는
소리 들었을 때 잘 하실지 걱정도 되고
그랬는데 지금은 그런 생각 안 해요.
앞으로도 저희만 잘 보살펴 주세요.
저희도 기대에 어긋나지 않게 잘
할 수 있도록 노력할께요.

앞으로도 행복하시고 건강 하세요. !!!

P.S 이게 없으면 정이 없는 거라서~
좀 있으면 체육 대회니까 저희
잘 지도해주세요.
마지막이나 1등 해야되요. 꼭!
1등 안하면 졸업 안해요.

윤정이가 ...

NO.20000-47031-1   100   morning glory   8 80 1237

POSTCARD

○. 퍼플가이 선생님께.

"쏠의 은혜는 햇살같어서 ... "♪♬

나는 쏠의 님이네요. 선생님을 처음 뵌건
재작년이지만, 알고 지낸건 얼마 안되었잖아요.
제가 공부를 너무 못해서 선생님을 뵐 면목이
없지만, 남은 기간동안 열심히 해서 꼭 스튜어디스
될께요. 선생님도 앞으로 '스튜어디스' 발음 잘
연습하셔서, 제가 스튜어디스 되면 꼭 제대로
불러주셔야 해요.

여러가지로 신경 써 주셔서 정말 감사하구요.

'쏠의날' 축하드립니다.

러시아어과 16번
여효영 드림

선생님 성은 맘에 드시죠?
누가 골랐게~~

20000-47031-5   100   morning glory   8 80 1237 105382

POSTCARD

김진균 선생님 께

안녕하세요? 저는 병주예요.
수원 15일 '스승의 날' 이네요.
저희 반 애들과 함께 작은 정성을 조금
작지만 기쁘게 받아 주세요.
선생님. 정말 고맙습니다.

부족한 저희를 이끌어 주셔서 ...
연필끝에 심장이 됐지만 헌신으로
열심히 해 보렵니다. 지켜 봐 주세요.
수능 보는 날까지 최선을 다해
열심히 하겠습니다.   제자 병

선생님 사랑해요.

P.S.   건강하시고 행복하세요

99년 5월 14일

NO.20000-47031-5   100   morning glory   8 80 1237

POSTCARD

POSTCARD

POSTCARD

POSTCARD

김진균의 33년 현장 교육 철학 I

김진균의
교육바라기